杉山赤冨士の俳句

八染　藍子
太田かほり　共著

ふらんす堂

はじめに

　昭和二十一年四月、杉山赤冨士（本名榮）は原爆投下の被爆地広島において、焦土広島の精神的復興を期して俳誌「廻廊」を創刊した。俳句文芸は戦中戦後の若者たちの唯一の自己表現手段として愛好され、信頼されていた。当時は十一歳の娘の園繪こと後の俳人八染藍子は、建物や橋などの残骸からまだ煙が立ち上る広島市内を父に付き従い、「廻廊」創刊を告げるビラを貼って回ったという。筆者が杉山赤冨士の名を知り、強い関心を抱いたのは藍子の第一句集『園絵』所収の俳人赤松蕙子による解説文においてであった。藍子の両親杉山夫妻についての記述は熱を帯び、その筆致は赤冨士への興味を募らせた。「赤冨士何者ぞ」との関心からインターネットで検索し、『権兵衛と黒い眷族』というインパクトの強い句集の存在を知った。

その後、句集を入手し、驚いた。このような書物が存在するものか、日本の文化の重厚さはこれほどかかと、おし戴いた。

ずしりと重い杉山赤冨士句集『権兵衛と黒い眷族』は、素朴かつ風格のある箱に納められている。箱書は余白がないほど、太く、黒々と書名が墨書されており、雄渾な運筆は気魄を漂わせている。表紙の裏表の見返しには、ゴッホの「種まく人」「カラスのいる麦畑」の白黒画像が使われ、「黒い眷族」に当たるかも知れない複数の烏の影が見える。「権兵衛」とは、「黒い眷族」とは、何を意味し、誰を暗示したものか。

目次に始まるすべてのページが自筆の文字の写真という趣向が普通でない上に、六百四十ページに及ぶ全体が視覚的に美しい。表紙の雄渾さとは趣の異なる本文のペン字の瀟洒な筆致に品格が薫る。行書体による強弱大小を交えた手書きの文字の味わいに魅せられた。まるで古文書のようで判読は容易ではなかった。一塊りの俳句作品と作品との間には一回り小さな字で創作の背景などが書かれている。その趣向は中古の歌物語のようでもあり、近世の俳文のようでもある。東西古今の文学、美術、音楽、演劇、宗教、哲学などに及ぶ内容の広さ、重厚さ、格調、洞察など、たじろぎつつも惹きつけられた。俳諧味あふれ、独特の諧謔にも魅せられた。随所で笑いを誘われた。これらが後の俳人八染藍子を形成した土壌であり、句集『園絵』の解説で赤松蕙子が情熱を籠めて杉山夫妻に言及していた理由であったかと首肯した。
本書は、総数七千句に及ぶ杉山赤冨士稿本全句集『権兵衛と黒い眷族』所収の句と自註を基に、一代記風にその生涯を辿ったものである。

太田かほり

装丁・杉山龍太

杉山赤富士の俳句＊目次

凡例

一、出典の記載のない句はすべて『権兵衛と黒い眷族』抄出
一、章はすべて『権兵衛と黒い眷族』と同じ章立てに基づいた
一、句のふりがなは旧かなとした

杉山赤冨士の俳句

戦前篇（大正十年～昭和十六年）

亀鳴くや宮《く》殿《でん》のうちに五百歳　（大正10年16歳）

日本は亀が鳴くという不思議な国であるが、句集『権兵衛と黒い眷族』の著者杉山赤冨士は十六歳の第一作でこの季語を使っている。明治三十七年、安芸の宮島を望む土地に生まれ育った赤冨士に、この季語も「宮殿」という語彙も既に掌中にあったものか。画家と俳人との二足を以って戦後の広島に文芸の太い根を下ろした。

終生の師を皆吉爽雨と定めるまでの二十年間に次々に当代一流に巡り合うが、それらを道草ともプレリュードとも言ってのけた。高浜虚子の「ホトトギス」、星野立子の「玉藻」、改造社の「俳句研究」他、有力な俳誌に投句し、たちまち頭角を現したが、やがて、独立した。十一年間の遊学を経て二十九歳で広島に帰郷、四十歳で被爆、その直後の昭和二十一年に焦土広島の精神的復興を決意して俳句結社「廻廊」を創刊する。誌名にも、この作品にも、郷里宮島への熱い思いがある。

大正十一年三月、絵描きになりたいといって意気揚々と上京した。芝区（現港区）高輪の父の知人佐藤吉三郎邸に寄寓するが、その経緯がいかにも赤富士らしい。郷里の中学校の進級試験にわざと白紙を提出して落第、親は「勝手にせい」と折れた。学校帰りの路上で待ち構え、通りかかった佐藤家の家族に直談判し、寄宿を頼み込んだ。首尾よく運び、上京する。私立高輪中学校に編入学し、黒田清輝の洋画研究所の研究生となり、翌年、東京美術学校（現東京藝術大学）西洋画科に合格し、入学する。猪熊弦一郎、小磯良平ら学友に恵まれ、佐藤家を通して政財界人や正岡子規門の俳人など多くの知遇を得、特にジャーナリストであり正岡子規門下の五百木飄亭からは家族ぐるみで可愛がられた。そうした交わりに刺激され、『芭蕉七部集』『蕪村七部集』『子規全集』はじめ、創刊からの「ホトトギス」を読破する他、子規の俳句分類法とは別の分類で十二冊のノートを作っている。

根岸派のうぐひす谷に春惜しむ　（大正11年17歳）

花のみやこを人力車にて横断す　〃
真贋の真は董其昌花ぐもり　〃
車夫に吾《あ》に柳の緑触れもする　〃
人力車夫黒い水湊かみいこふ　〃

一句目。「根岸派のうぐひす谷」は正岡子規ゆかりの土地である。書物で知るのみの歴史的文芸的現場である。それが、今、ここにある。高ぶる気持を「春惜しむ」という大人びた季語を用いて抑える。

二、三句目。得意半分、こそばゆさ半分、「花のみやこ」といい、「人力車にて」といい、浮かれない訳がない。寄宿先の佐藤吉三郎家の用事で書画の運搬を担い、大事な用向きには人力車を使った。携えている書画への関心、訪問先への興味、美術家を志す若者にまたとない環境であった。「董其昌《とうきしょう》」は中国明代を代表する文人画家であり書家である。「花ぐもり」の世へ、茫洋とした世界へ、一歩を踏み出した。

四、五句目。佐藤家を通して政財界や文芸界の大物との知遇を得る中での「車夫に吾に」であり、己の立位置を誤ってはいない。五十余年後、句集名を「権兵衛と黒い眷族」とするが、この言葉を導き出す原点が、既に、うかがえる。

江戸つ子は由良さんが好き義士祭　（大正11年17歳）
義士まつり伊皿子坂をのぼりくる　〃
権兵衛のあるくところに草青む　〃
権兵衛もお供の衆も青き踏む　〃

編入学した私立高輪中学校は、赤穂浪士の墓所で知られる泉岳寺の境内つづきにあった。江戸っ子の由良曻肩は、ちょっとしたカルチャーショックだったたか。早速、級友の林達慧と意気投合するが、林は美校卒業後間もなく他界し、「生きてゐたら、僕の人生は多少変つてゐたかもしれぬ」と回想している。二句目の「伊皿子坂」は、歌川広重が「東都名所坂づくし」に描き、永井荷風が『日和下駄』で眺望の良さを取り上げている名所である。そこがこということにさえ、上京したての心が高ぶるのだった。

後に句集名に使う「権兵衛」が早くも登場するが、ここでは薩摩出身の軍人であり政治家である山本権兵衛のことである。山本邸は寄宿先の佐藤邸と同じ町内にあったため、時々、道で遇っては中学校の黒い制服のままお供の衆になり、「オイドンハゴンべ　デハゴハセン。ゴンノヘウヱデゴハス」などと戯けている。厳つい風体、剽軽な振舞など、田舎の悪餓鬼丸出しの物怖じしない赤冨士を山本権兵衛は憎からず思っただろう。山本権兵衛も、種蒔き権兵衛も、赤冨士には同格同等の親しむべき人間である。

秋高き霊南坂を下るなり　（大正11年17歳）

黒田邸を辞して

美校受験準備のため、上京した四月から黒田清輝所長の旧白馬会葵橋洋画研究所に研究生として通い、目的を果して翌春入学してからも九月の関東大震災で焼失するまではここに出入りをしていた。因みに、研究生で美校西洋画科へ一緒に入学したのは大澤昌助だけという狭き門であった。

赤坂霊南坂には、美術界の重鎮黒田清輝子爵邸があった。黒田清輝は、美校西洋画科創設者、同主任教授、帝展院長、貴族院議員。赤富士は「肩書だらけの人」と記している。

年あらたかみなりもんの乞丐《かたゐ》にも　（大正12年18歳）
仲見世のひくきのきなみはつあかり　〃

佐藤吉三郎家での暮らしは、「座禅もさせられ、お経もおぼえねばならなかった」「妙法蓮華経普門品第二十五、般若心経、三帰戒、舎利礼、消災呪、大悲円満無礙神呪、夢想国師遺戒、寶鏡三昧などを暗誦させられた」という。また、毎月一日と十五日には一番電車で浅草寺への参詣を命じられた。「お経よみの仏法知らず」「すすんで参詣するほど殊勝ではなかった」と回想しているが、杉山家は代々浄土宗の敬虔な門徒であり、赤富士兄妹は子どもの頃から朝夕の勤行を課せられていた。佐藤家の日常から、「この極道ものは、お経なら相当よめる」ようになり、晩年には分厚い仏書が積まれた仏間に籠もるようになる。

義務としての参詣だが、通い慣れた景色から初詣の清新さを見つけている。「乞丐」

に人間味が、「ひくき」に写生の目がある。

美校への花のみちなほ音校へ　（大正12年18歳）

大正十二年四月、東京美術学校西洋画科本科入学。級友に野崎龍雄、大澤昌助、渡邊得三、猪熊弦一郎、林清らがいた。後に名をなす同級生たちとの濃密な時間が想像される。

美校入学後は文芸部やレコード部に入り、近くの音校の楽友会に登録するなど西洋音楽に親しむ一方で、俳句は、後の画家安田岩次郎（銀行家と芸術家を輩出した安田一族）はじめ教授や学友から熱心にすすめられて実作をしている。

大命が降る厄日の厄の中　（大正12年18歳）
厄の日の厄の火の中水の中　〃
救援機厄日のそらにちらと見し　〃
厄日以後なほ燃えつづく銀座ゆく　〃

大正十二年九月一日、高輪の寄宿先で関東大震災に遭遇する。当夜は町内の山本権兵衛伯爵邸の庭で野宿する。「大命」は、その翌二日に山本権兵衛内閣が成立したことを指す。鮮人暴動の流言、大逆罪の検挙など町内にも不穏な空気が漂う。三日、徒歩で高輪を出発し、上野の美術学校に向う。途中、呉服橋、有楽橋では水死体を、海上火災ビルでは夥しい死体の山を目撃した。「竹内金庫無事」と貼り紙をした商魂、宝石店の焼け跡に群がる人々の欲望など、さまざまな人間模様を垣間見る。

大震災を詠んだ句は八句、使った季語は「厄日」一つである。一切が消失した世界の衝撃がモノクロ写真のように描かれている。さながら平成に起こった大災害とも重なる描写である。二十余年後に広島で原爆に遭遇するが、震災も被爆も俳句での描写は少なく、多くを短歌で記録している。すでに、俳句での表現の適、不適を感じていたのだろうか。

上野無事大震災の焼野来て　（大正12年18歳）

上野の美術学校は無事。授業の見込はたたず、一旦広島に帰り、連絡を待てと指示され、救援に就航していた連絡船に乗船、暴風雨の遠州灘を乗り切って清水港まで行き、静岡駅から広島駅まで途中給食慰問を受けながら帰郷した。生存をあきらめていた家族や近隣から狂喜して迎えられた。

今日の歳時記では「震災忌」といえば大正十二年の関東大震災をさす。平成七年に阪神淡路大震災、二十三年に東日本大震災に遭遇し、多くの震災俳句が詠まれた。「阪神大震災忌」はすでに季語としている歳時記があり、東日本大震災は「東北忌」「福島忌」などと詠まれる他、日付の「三・一一」を使用している例がある。俳句史上での最初の大災害が「震災忌」という季語に定着することなど知るよしもない当時の赤冨士が記録した十七音はわずか八句であるが、期せずして平成の大惨事の震災俳句の先行句となった事実は注目されるべきである。

さへづりの中クロイツェル・ソナタ弾く　（大正13年19歳）

カルメンに帷《とばり》は降りて宵の春　（大正14年20歳）

震災慰問のために、後にヴァイオリニストの王と称賛される若き鬼才ヤッシャ・ハイフェッツが来日した。赤冨士は長蛇の列に加わり日比谷公園内の野外音楽堂に入場、帝国劇場のリサイタルにも行き、若々しく歯切れのよい演奏に酔っている。「クロイツェル・ソナタ」には、ベートーヴェンが作曲し、名ヴァイオリニストクロイツェルに献呈され、その曲に触発されたトルストイは同名の小説を書き、その小説に刺激されたヤナーチェクは弦楽四重奏曲クロイツェル・ソナタを作曲するという経緯がある。一つの傑作が次々と別の傑作へと連鎖を広げていったドラマに赤冨士が大興奮したことは想像に難くない。「カルメン」は伊太利カーピ歌劇団の帝国劇場での公演。二夜つづけて出かけている。また、築地小劇場の会員回数券を買い求め、名女優若宮美子の舞台を全て観に行く。さらに、大正時代の中期は「浅草オペラ」が一大ブームを起こし、西洋音楽の大衆化の切っ掛けとなったが、赤冨士の好奇心はその方面へも向っている。

爽やかな台覧賜ふ筈もなく　（大正15年21歳）

大正十五年、日本初の公立美術館として上野に東京府美術館（現東京都美術館）が設立された。ヨーロッパの神殿を思わせ「美術の殿堂」と称えられた。落成したばかりの美術館で第七回帝国美術院展覧会（帝展）が開催された。帝展は画家の登竜門であった。美校四年在学中の赤冨士はその帝展に入選し、真新しい美術館に展示されるという栄誉に輝いた。

入選作は、海、突堤、小舟、岩などを背景として近景に女性の上半身を描いた油絵である。読売新聞に好意的な評が掲載され、五百木飄亭から「その夜の秋晴の星のかがやき」という祝句が届く。『のゝの字だたみ』の斬新なしらべにおどろく」との感想を残している。展覧会には後の昭和天皇ご夫妻の摂政宮裕仁親王と久邇宮良子女王がお出ましになった。

ライオンに吼えまくられて卒業す　（昭和3年23歳）
卒業す貫一マント着ふるびて　〃
百本の梅をかへりみ卒業す　〃
後輩に破帽譲りて卒業す　〃

昭和三年、東京美術学校五カ年全課程を終えて卒業する。とはいっても軍事教練の出席日数不足で三名の友人とともに、現役配属将校陸軍少将の訓練に神妙に出席し、油を搾られ、単位を検定された。美校は上野動物園に近く、教練場の真下のライオンの檻に向って「イチニノサン、ウオーツ」と声を揃えて吼えた。するとライオンも吼え返す。崖の上と下で獅子吼が起こり、入場者があきれ返って見物したという。赤冨士の風貌を、赤松蕙子は「金太郎さんが大人になったような」、孫杉山龍太は「まるで宗達の風神雷神が屏風から飛び出たような大迫力」と回想しているが、大男赤冨士の青春の一端がうかがえるエピソードである。

この四句はペルシアの詩形ルバイヤットの構成を俳句で試みたものである。ルバイヤットは起承転結を有し、簡潔、素朴、余情を特長とする。その代表的詩人オーマー・カイヤムの作品がイギリスの詩人E・フィッツジェラルドの名訳によって全世界に知られ、日本では明治四十一年に蒲原有明によって邦訳され、赤冨士は在学中から愛誦していた。

暑気はらふアブサン巴里は往く気なく　（昭和4年24歳）

「アブサン」は、デカダン芸術が華やいだ十九世紀のフランスで多くの画家や詩人に愛され、作品の題材とされた酒である。「緑の妖精」「魔性の酒」といわれ、中毒性のため製造禁止の経緯がある。マネ、ドガ、ロートレック、ゴッホ、ゴーギャン、ピカソ、ボードレール、ヴェルレーヌ、ランボー等々の有名人が愛飲し、身を滅ぼした例も少なくないという。アブサンは太宰治の『人間失格』、芥川龍之介の『河童』にも登場する。

「往く気なく」は「往きたし」の裏返しである。美校在学中に帝展に入選し、卒業の翌年には中国新聞社において油彩百三十点の個展を開催している。「意を決して」行った個展は、同新聞文芸欄には二科会会友恒川義雄からの懇切な評が掲載され手応えを得た。新進気鋭がパリに憧れないはずはない。赤冨士の祖父は若い頃に米国へ渡り、何年も過ごした自由人であった。東京中に溢れるありとあらゆる文化や流行をなめ尽したような赤冨士の好奇心、向学心は、アブサンを呷るくらいでは、とうてい、満たされるものではなかっただろう。孫の杉山龍太は「曾祖父からフランス遊学も勧められたようですが、その時は度胸がなくて断ってしもうた……あれは残念じゃった。と珍しくウィークポイントを披瀝したのを思い出します。」と回想している。

梅雨ふかし頽廃の書の座右に殖え　（昭和4年24歳）

「頽廃の書」は十九世紀末のボードレール、ヴェルレーヌ、ランボーらに代表されるデカダン派の書を指す。たとえば上田敏訳の「秋の日の　ギオロンの　ためいきの身にしみて　ひたぶるに　うら悲し」や、堀口大學訳の「巷に雨の降るごとく　わが心にも涙降る」など、フランスの詩人ヴェルレーヌの詩がよく知られている。甘く、苦く、美しい。赤冨士は後に伴侶となる徳子への長い片恋の日々に、これらの詩を借りて告白し、それらを吟じては傷心を癒していた。自らも詩を書き、西洋の四行詩風な俳句を試みたりしている。「梅雨ふかし」は青年期の煩悶や鬱屈を思わせるが、恋の嘆きも雑じっていたか。

若き赤冨士の東西の文化や文芸への飽くなき渇望は広範囲に向っていた。上京後の環境はそれを十分に満たし得た。洋書を漁り、西洋音楽に熱狂し、下町の演芸に小躍りする青春であった。

巳《み》の年の埃《エ》田《デン》の林檎捥《も》がんとて　（昭和4年24歳）

幌馬車にわれらゆらるる夏木立　〃
幌馬車の鈴もうつつの黍の道　〃

関《かん》之《し》徳《とく》（本名・関徳《せきとく》、俗名・関徳子《せきとくこ》）とのロマンスは寄寓先の佐藤邸に始まる。徳子は八歳年上、遠く北海道に住み、浄賢尼を名乗る仏門の人であった。一目で見初めて以来、八年に及ぶ小樽通いがつづくが、独身を通そうとする徳子の決意は固かった。どこまでも片思いであったが、恋い、慕い、追い続けた。これらの句は小樽を訪ね、四十日を過ごした夏の詠である。

「巳」は蛇、「埃田」は楽園、「林檎」は禁断の果実、聖書物語に仮託するが、思いは空回りするばかりだった。開放的な北海道の自然はますます恋心を高ぶらせ、「鈴」は恋の喜びと悲哀の音楽を奏でる。赤富士のマントを羽織ってまどろむ徳子、写生に勤しむ赤富士、さながら映画のようであるが、徳子をスケッチした一枚の画を携えて失意のうちに北海道を去る。その画は今も後の「夜来山荘」の一角に掛けられている。同郷の俳人赤松蕙子が「赤富士・徳夫妻の轟々たる完全燃焼の生涯」（八染藍子句集『園絵』解説）と記したその序章であった。

昭和五年、八年間住み馴染んだ高輪界隈を去り、古本屋街に近い神田に移り住む。ボードレールの自筆画や欧米の原書、稀覯本などを探しまわる。上野の帝国図書館、九段の大橋図書館、日比谷の市立図書館に通う。

昭和七年四月、親友村上勝三の岳父、工兵監佐村益雄中将の推薦により、陸軍省教育教育総監部図書館に勤務。都新聞の夜間勤務も始めた。都新聞は、文学、芝居、演劇に重点が置かれていた。新聞社では当時十七歳の水ノ上滝子を先頭に四十日間もつづいた労働闘争を間近にする機会があり、「不服顔あな可愛ゆしや罌粟坊主」と詠んでいる。季語は流行の最先端の断髪のことである。

還俗のつまをくりやに粽解く　（昭和7年27歳）

徳子は親が決めた結婚を拒否して尼寺に逃れ、連れ戻しに来た親の前で髪を落し、仏門に入る。その後、還俗するが独身を貫く覚悟は固く、書家を志して「大文字」という書道塾の内弟子となり、北海道に渡る。ここまでで既に小説である。塾の使いで上京して滞在した先が赤冨士が寄寓していた佐藤邸であった。これも小説というべきか。赤冨士は部屋の前を高歌放吟しながら行ったり来たり、徳子は顔中髭だらけの大男に驚き、ほうほうの体で小樽に帰る。それから、八年の月日が流れた。

八年余に亘る熱愛が成就し、昭和七年五月五日に挙式し、四谷見附に居を構えた。新樹の光や若葉を渡る薫風など、自然からの祝福に満ちた門出であった。数珠や筆を持つ姿は見慣れていても、厨に立ち働く徳子は珍しく、初々しく、覗き見ては赤らむ。台所の音も、立ち上る香りも、どれほどの幸福をもたらしたことか。「粽解く」は新婚の喜びに溢れ、エロチシズムが香る。

老師よりかけごゑたまふ筆始　（昭和8年27歳）

四谷見附の新築の借家には、小樽時代からの徳子の書道の師高木十如真老師が「東京大文字」開塾を機に上京し、同居していた。結婚について徳子に助言をしたのは老師であった。赤冨士は老師から王義之、欧陽詢、孫過庭、懐素等の法帖を学び、しだいに書の世界へと誘われていく。

境内にうつぶしゐたるすみれはも　（昭和8年27歳）

昭和八年三月、赤冨士・徳子を悲しみが襲う。出産のため徳子は慶應病院に入院したが、母体の衰弱により分娩不能と告げられ、直ちに日赤病院に転院した。三月十日、長女紫を難産。だが、産児は腹膜炎を起し、三月二十八日、病院で死亡した。わずか十八日間の命であった。四谷見附の自宅から柩を出した。小さな柩は紫色の室花で満たされ、春の香りに包まれた。「すみれ」は亡き子の名前の紫に通う。「うつぶしゐたる」の後にわずかな切れがあり、ここから嗚咽がこぼれる。徳子の慟哭がもれる。「はも」は、係助詞「は」「も」の重なった上代語であり、文末に用いて、強い詠嘆「〜よ」の意を表す。愛惜をこめて「すみれよ」と絞り出し、悶え、かき抱き、泣く。悲痛のどん底であった。

楯のごと夫子《ふうし》われあり冱《いて》妻に　（昭和9年29歳）

郷里広島には継ぐべき家があり、待っている両親がいた。教育総監部直轄学校教官への推薦を辞退し、都新聞社の勤務も辞し、帰郷を決断した。昭和九年の記述は次の引用から始まっている。「子曰、三十而立。」「歸去來兮　田園將蕪胡不歸。」そして、「東都十一年間の遊学を終へて郷関に帰る。」とつづけている。

郷里へと向かう車中での一句である。夫二十九歳、妻三十七歳、徳子の胎内には第二子が宿っていた。徳子は「死を賭しても生んでみせる」と覚悟していた。その決意は、八年余の求婚への感謝であり、拒み続けた結婚を肯うことだっただろう。「夫子われ」はしっかりと受け止めた。これは、第一子紫の薄命がもたらした夫婦の強い絆であった。

そのようにして無事に生まれた第二子園繪が後の俳人八染藍子である。藍子は鷹羽狩行の「狩」筆頭同人を長く務め、師をして狩行俳句を最もよく受け継いだ弟子と言わしめた。昭和二十一年に赤冨士が創刊した「廻廊」の四代目主宰の任に当たること二十五年間、令和三年八九四号を以って七十五年の誌歴を閉じている。赤松蕙子は「赤冨士さんの愛娘に対する父情はすさまじい電流のようなものだ」「伝承ということ、精神相続ということとの重大さを痛感し、それを完全に果している園繪さんに目を瞠った」と回想している。（「廻廊」赤冨士追悼号）赤松蕙子は、赤冨士とは同郷、皆吉爽雨の「雪解」の同門である。

臨月のつまをうながす鳴神か　（昭和9年29歳）
芋蟲が蝶になるとて鳴る神か　〃
雄たけびをなさねど呱々に明易し　〃
かはづらの祝福のなか呱々をあぐ　〃

轟く雷を味方につけ、大応援団に仕立てた。いや、自分が雷に乗り移って陣痛の妻を励ます。「芋蟲が蝶になる」の発想は悠々たるもの、大真面目だが、可笑しい。俗っぽく、飾り気がない。産声と同時に爆発する喜び、手放しの歓喜、「雄たけび」の素直さ、人間らしさ。一句一句に人生の絶頂の幸せが滲んでいる。これらの句は、妻徳子への最高の謝意と愛の再告白である。

夫、父、人間としての最高の一瞬は一個人の物語ではあるが、多くの共感を呼び、生命讃歌となる。これらの句は、親にならなかった人もその命を親から授かったことに変わりはなく、読者の誰にもこのように祝福されて生まれてきたという幸福感や自己肯定感をもたらすだろう。

泣きにきてをしへごのは丶炉べにあり　（昭和13年33歳）

うち萎れて訪ねて来た女親の一部始終を短いドラマを見ているように浮かび上がらせる。劇の一場面とすれば小道具は炉だけ、薬缶が掛かり、炭火が熾り、時刻は夜に近いだろう。困り事は生徒の素行かもしれず、家庭の事情かもしれず、どちらにしても一教師の手に負えない。相談に来たのではなく、泣きに来たのである。そこに作者の無力さへの自覚が見える。炉べに誘い、向かい合い、白湯など出したか。双方ともに困り果て、言葉がない。「泣きにきて」によって親は心の荷を軽くし、泣かれた方は重くなるが、温かいものが通う。信頼がなければそうはならない。両者のつながり、時代、地域性が伝わってくる。教師が地域の人々に親しまれ信頼されていた時代、国中が貧しいながらも素朴であった頃のことである。救いは悴んだ心身を温める炉だけであるが、涙の深刻さにもかかわらず、読者は、二人それぞれの生身の体温に触れて温かな気持になる。俳句の力というものか。

帰郷後は画塾を開く傍ら、養蜂や果樹栽培などを試みていたが、昭和十三年、奥吉備庄原の県立格致中学校（現庄原格致高等学校）に赴任した。この中学校で後に名をなす歌人柄松香、細川謙三、俳人野田誠、居升白炎らを見出している。歌人の二人については「両君ともに歌集のあとがきに庄原時代のぼくのことをなつかしんで書いてくれたりしてゐる。当時彼らが歌人にならうとは豫知出来なかつた。」と記している。

畫仙紙をたぐるうなゐと筆始　（昭和14年34歳）
門前の竹馬だまりぬけて出づ　〃

一句目。「うなゐ」は童女の髪型である。園繪は四歳になっていた。画仙紙を扱うのに手古摺っている。「たぐる」とは両手で交互に引き寄せる動作、持て余しぎみの様子が愛らしい。妻の徳子は書家であり、赤冨士は大いに刺激され、晩年には書展を計画するほど没頭した。徳子はこの年に書道塾を開き、旧姓を使って「関塾」とした。私事であるが、厳しい徳子の指導を受けた園繪からの手紙の文字を筆者は手本にしている。

二句目。子どもが風の子であった時代である。「竹馬だまり」が当時の風俗を彷彿とさせる。大男の赤冨士はのっそりと通り抜けた、いや、声を掛けたり、頭を撫でたり、逆にからかわれたりしたか。咳払い一つで生徒たちを爆笑させる名物教師は近所の子らにも親しまれた。

紀元節まつくらやみに暮れにけり　（昭和15年35歳）

勤務校では紀元二千六百年を祝う式典の後、全校をあげて町内の目抜き通りを旗行列した。国中に「祝へ！　元気に朗かに」のポスターが貼られ、祝賀気分が高まっていた。二月のこの日は大が付くほどの晴天であったようだが、晴天であればあるほど、行事が盛大であればあるほど、高揚すればするほど、日没後の暗さ、静寂さは深く感じられただろう。「まつくらやみに」は写生であるが、時代や世情を映した暗さでもある。生徒を引率した日中の公の顔とは別の夜の私人の顔がある。翌年には、真珠湾攻撃により太平洋戦争が勃発している。

この年は、橿原神宮初詣のラジオ中継に始まり、二月の紀元節には全国の神社で大祭が催され、十一月の内閣主催の式典で祝賀ムードは最高潮に達した。一方、物資不足は庶民の暮らしを圧迫し、十一月の式典を境に、ポスターは「祝ひ終つた　さあ働かう！」に張り替えられ、生活は日増しに厳しさを増していく。

膝に来て雛ねだる子の耳をすふ　（昭和15年35歳）

たんざくにお内裏さまを描いてやる　〃

一句目。初節句に徳子の実家から雛料を贈られながら、「園繪五歳の今以つて買つてはゐない。気に入つた雛を売つてゐないからである。否、気に入つて更に廉価なものが無いからである。否、ぜにがもう」と記している。事ある毎に「嗣子園繪」と書く赤富士にして、驚くばかりの身勝手、屁理屈である。いやいや、絵描きの眼が許さなかったのだろう。膝に来るいとし子を抱いてその耳に口を近づける。「くすぐったいよう～」「痛いよう～」などと園繪は父を押し退けただろうか。なおも抱き寄せて頬擦りなどしただろうか。

二句目。画家である父が描いた雛人形の絵に、「もうちぃと可愛げに」「もおちょっと赤いのがええよ」などと、未来の画家園繪の注文は容赦なかったかもしれない。慈しみ已まない父親の姿である。

春の夜の憶良が子はも寝《い》ねたりや　（昭和15年35歳）

とある春の宵、ほろ酔い機嫌で帰宅し、手土産の折詰を手渡そうとして、「園繪はもう寝たかや」とのぞき込んだ。『万葉集』の山上憶良になり切っていたのだ。憶良は宴たけなわの席を抜け出す口実に、「憶良らは今は罷らむ子泣くらむそれその母も我を待つらむそ」と詠んだ。「この老いぼれめはお先にお暇しよう、今ごろ子どもが泣いてるだろうし、その子の母さんもこの私を待ってるだろうから」と、少々戯け、多少のろけてみせた。季語「春の夜」の持つ甘やかな情趣と子を持つ親の幸福感が溶け合っている。

「ホトトギス」の虚子選雑詠に初投句し、初入選を果たした句である。この頃、星野立子の「玉藻」にも投句し、改造社の「俳句研究」、その他の有力誌十誌余を購読していた。短歌は童馬山房こと斎藤茂吉選「アララギ」に投稿していた。また、俳誌

「鳰」を機関誌とする句会を作り、俳誌「紫」を創刊する関口比良男との交流を深めていた。

大御代のながき史筆にたつ秋ぞ　（昭和15年35歳）

「徳富蘇峰翁頌一句」の前書がある。「大御代」は天皇が治める世をいう。古代史研究に傾注していた赤冨士の語彙録にあったかもしれないが、昭和という時代を反映した言葉だっただろう。

徳富蘇峰著の全百巻『近世日本国民史』執筆の動機は、明治天皇の時代史を書くことにあり、そのためには孝明天皇の時代を、孝明天皇の時代を書くためには徳川時代を、徳川時代を書くためには織田、豊臣の時代を書かなければならないという考えにより、全百巻の大著に膨らんだ。「ながき史筆」はそこを指す。労を称え、下五の季語に共感を籠めた。正宗白鳥、菊池寛、久米正雄、吉川英治らが愛読し、松本清張、遠藤周作らも高く評価した。赤冨士自らの研究心を奮い立たせる一事であっただろう。この頃から、江戸時代の注釈書鹿持雅澄著『万葉集古義』、橘千蔭著『万葉集略解』

などを一途に読み耽り、『万葉集』研究がライフワークとなっていく。

舞初の兒の一張羅見おくりぬ　（昭和16年36歳）

世襲の子凡庸にして麥二寸　〃

一句目。「嗣子園繪七歳となる。庄原劇場にて社中舞初温習会」とある。愛娘への溺愛の心を抑え、あっさりと描写した。「一張羅」が童女の晴れがましさ、親のうれしさ、時代の雰囲気を表している。

二句目。園繪に関する記述には常に「嗣子」を冠しており、杉山家の跡継としての期待は極めて強かった。それなのに「凡庸」とは、大した待遇である。麦は春寒の中で青々と芽を出し、命を感じさせるが、それを踏んで力をつける。麦よりも華麗な蝶や花にも取り合せたい親心はあるはずだが、実を選択した。一粒の麦の生命力、伸びゆく力こそ我が子に授けたいとの情である。そして、俳句としての俗を重んじる心がこの季語を選ばせた。

きらきらともどるなみあり雪解川　（昭和16年36歳）

川上から川下へと川は一方向に流れていくが、ふと、逆流しているように見えることがある。川に沿って走る車窓などで気づき、列車の向きが変わったのかと思い、風向きのせいかと思い、錯覚かもしれないとも思ったりする。何気なく不思議に思いながら、そのまま見過ごしていたような光景であるが、誰もが一度ならず経験している錯覚のような不確かさを一句にした。雪解けの頃に人が抱く時めきが「きらきらと」という言葉と結びついたか。薄氷の上をわたる風のような清冽さがある。

この句は、改造社の「俳句研究」誌上で飯田蛇笏に激賞された。その資料は見つけられないが、自註では「過褒をうく」と記している。平仮名を多用し、平凡な擬態語を用い、取り立てるほどでもない自然界の不思議を平易に写生し、早春の鼓動を描写し得た点を、蛇笏は誉めたのではないだろうか。繰り返し読み、しだいに、その平凡なよさがこの季節の美ではないかと思えてくる。

制服のをしへご炭の掛乞ひ来　（昭和16年36歳）

学校以外で教師と生徒が会っても不思議ではないが、それが労働や金銭に関わる場面となると微妙である。そこでは双方の関係が「教師と先生」から「客と業者」に入れ替わる。落語などには、掛乞に居留守を使ったり他所に逃げたりという貧困ぶりが描かれているが、掛乞は昭和のある時期まで普通に行われていた。

きちんとした身なりの制服でやって来て、普段着の先生に半年分の炭代を請求しているという場面である。借金のある方が立場は悪い。頭を掻きながら、言い訳やら労いやらを口ごもったか。そうしたばつの悪そうな自画像でもよいが、逆に、着替える暇もなく家業を手伝わなければならない生徒への憐れみと取ることもできる。どちらにもドラマがあり、心理劇の深さがあり、懐かしい昭和がある。炭は重たく、埃も立ち、裏口から運び込むものであり、台所事情に直につながる、そこに哀感が漂う。

昭和十六年、改造社「年間俳句研究賞」の候補十名中の一人に挙げられている。

教師として初めての奥吉備庄原赴任時代は、歌集『敝衣の鶴』に「奥吉備のうた」として三百首が収められている。時間さえあれば教員や生徒たちと詩歌談義に時を忘れる日々であった。豊かな自然と篤い人情に包まれた思い出深い庄原時代であった。

五年間勤務し、帰郷帰任するが、その後、「旧任校の適齢生徒の大半が一斉に予科練志願を申し出たことを新聞で知り、目頭が熱くなった。」と記している。

戦中篇（昭和十六年十二月八日〜同二十年）

うち霞む山々國は戦へり　（昭和17年37歳）
大戦果あり神棚に西瓜あり　〃

一句目。霞のかかる山々は春の長閑な風景であるが、「国破れて山河あり」の古詩が重なるようでもある。時代は戦勝にわく一方で、戦時体制の強化が進んでいた。日本軍のキスカ島占領、アッツ島占領、ミッドウェー海戦の敗北、ガダルカナル島敗退など、一進一退からしだいに敗色一色へと向かっていた。

二句目は「大本営発表」の前書がある。戦況に一喜一憂しつつ、日常の生活が並行する。「あり」のリフレーンが軽快なリズムを刻み、歯切れはよいが、「あり」の内容が全く異質であるところに、相容れ難い現実があり、時代の厳しさがある。両者を同格に置いたその呼吸に俳諧味がある。神棚の西瓜とはユーモラスで、戦時下の緊迫感から一時は解放される。こんな時にも、西瓜の甘さ、瑞々しさ、家族で楽しむ仕合せがあり、健全な心があったのだ。いや、西瓜こそ供物にふさわしく、大ご馳走。何かを象徴しているように思う。

鯉幟一大制空圏われに　（昭和17年37歳）

「制空権」とは軍事用語であるが、五月の空に泳ぐ鯉幟の気分になり切っている屈託のない雄心としたい。誰にも邪魔されない、大空を独り占めする、そんな自由を鯉幟に見ているとしたい。どんな時代であろうとも、何歳になろうとも、大空への憧れは潰えない。だが、発想はそこにあったとはいえ、現実の戦時下への認識は自ずと心中にあっただろう。

赤富士に軍籍はないが、補充兵役陸軍歩兵竹槍隊の一員、学徒動員部隊長の一人であった。教職故に出征を免れたが、時局への思いから逃れることはなかっただろう。

この句は、昭和十六年度の改造社「俳句研究賞（年度賞）」予選十句中に推挙された。

出でたまへ涼しと妻へ母のこゑ　（昭和17年37歳）

「妻へ」がよい。「徳さんや、あんたも出ておいで」と、こんな声だったか。しばらくして、「ええ晩じゃ」「涼しいのお」などと聞くともなく聞く。さり気ない暮らしの一齣、家の中の柔らかな空気が描かれている。「出でたまへ涼し」という台詞一つで、三者の心の距離が過不足なく描かれ、団扇の音やものの匂いまでが感じられる。劇の一幕のようである。観客はほのぼのとしばらく余韻に浸る。結婚後十年、帰郷して両親との同居から八年後の暮らしである。

この句を含む四句で、星野立子選「玉藻」巻頭第一席を得た。立子の句は、日常語の使用、口語的な発想に特徴がある。

流鏑馬《やぶさめ》やいつくしまより馬の船　（昭和18年38歳）
やぶさめの馬場は舊道菖蒲葺く　〃
廻廊をめぐりてかをる風にあり　〃
懐紙などたうべて鹿《か》の子いとしけれ　〃

一、二句目。端午の神事を詠んだ。「流鏑馬」「厳島」と表記すればその風格や歴史にふさわしく、「やぶさめ」「いつくしま」とすれば人々で賑わう祭にふさわしい。漢字と平仮名が適宜使い分けられている。

三句目。厳島神社を象徴する朱の廻廊をシンプルに詠んだ。海からの風にも山からの風にも吹かれ、宮島の地形ならではの稀有な天地に遊ぶ。

四句目。宮島に欠かせない点景としての鹿を描いた。「鹿の子」とは命そのもの、愛らしい。

後の住まいの「夜来山荘」は宮島が眺望できるように設計され、最晩年には自宅から遥拝した。戦後に主宰する「廻廊」の誌名は、厳島神社百八間の廻廊およびアリストテレスの廻廊学派（ペリパトス、逍遥学派）に因み、赤冨士が命名した。宮島は慈しみ已まぬ特別の存在であり、日常そのものの親しい存在であった。

魁《さきが》けてふたつあやめの花の紺《こん》　（昭和19年39歳）

餅《もち》搗《つき》の身支度せよと母のこゑ　〃

戦時中の物資の不足は紙類にも及び、結社誌の多くが廃刊や休刊に追い込まれたが、「ホトトギス」は虚子選雑詠の毎月募集投句数を二句に減らして発行を続けていた。この二句は、二句投句し、初めて二句ともに入選を果たした作品である。虚子選に入選することとは至難であり、投句者のみならず句会の連袖《れんしゅう》を大いに刺激する出来事であった。だが、「ここらで多情多恨の各誌競詠を廃するか。爽雨選一本にしぼるか。」との考えに至っている。

昭和十九年、学徒動員の引率者として宇品造船所に長期滞在していたが、夜毎に工員寮のピアノで同僚が弾くショパンを聴く愉しみがあった。戦意高揚の俳句が推奨され、厭戦や反戦の俳句は弾圧された。この二句に時節柄を感じさせるものはなく、平時と変わらない穏やかな心持ちや普通の暮らしぶりが詠まれている。こうした句が戦時中も花鳥諷詠に徹した虚子の選に入るということであったか。

老いらくの健《けん》啖《たん》にして菊膾《なます》　（昭和19年39歳）

「老いらく」と「健啖」、「健啖」と「菊膾」のミスマッチに意外性があり、「我この老いぼれが」という自虐的なニュアンスや食への執着を憚らない正直さが好ましい。俗・俗・雅の配合で詩になった。赤冨士は正岡子規贔屓であったが、句の発想は、子規の病床での健啖ぶりや晩年の肖像写真にあったか。この句は、高浜年尾が中国新聞社の文化局次長として着任し、その歓迎句会において詠まれた。年尾は虚子を、虚子は子規をすぐさま思い出させる。その連想からの筆者の鑑賞である。この句は、年尾の特選となった。だが、「安藝守平清盛と同様、受領《ずりやう》（現地赴任）ではなく、文藝欄に執筆名目の遙任非常勤といふことであつたらうか」と記し、やや不満げな人間観をうかがわせている。その時の文化局長は、一の親友にして句友、後に、無惨な原爆死を遂げた藤田元吉こと藤垂白であった。

竹槍《やり》で藁塚《にほ》突くわれは補充兵　（昭和19年39歳）
秋深し遺爪《さう》遺髪をしたゝめて　（昭和19年39歳）

一句目。「われは補充兵」のフレーズに自嘲がある。女子どもにまで竹槍の訓練が課せられている時に、頑強な五体の壮年期の自分がそれに当たっていることに忸怩たる思いがあったか。召集は健康、年齢、職業などによったが、暫時は免れている安堵、やがてはという覚悟、焦燥など、心は揺れたはずである。

二句目。徴兵制には在郷軍人の制度があった。一定期間の訓練の後、帰郷し、有事には召集される。心得として、奉公袋に遺爪、遺髪、遺書を入れて携帯した。折しも深まりゆく秋、平時であれば文芸上のあわれや人生的なあわれに耽る季節だが、それとは違う切実な生と死の現実に向かい合わなければならない秋である。この頃、長谷川素逝の「おほ君のみ楯と月によこたはる」が人口に膾炙し、一流文芸雑誌に「戦争を謳歌できぬやうな俳句は文学ではない」とのコラムが掲載されていた。


眠《ねむ》る山に吾《あ》を焼くけぶり立つなどよし　（昭和20年40歳）

辞世の句として奉公袋に入れて携帯していた作品である。「など」に屈折した心理がある。やや戯け、本心を隠し、古老のような達観した詠みぶりである。「吾を焼くけぶり」は古典文学風ではあるが、伝統的な無常感を打ち消す切迫感、悲壮感がある。

潤いの乏しい時代、俳句は人々の数少ない愉しみであった。その一端を当時の「ホトトギス」に掲載された戦地からの若い兵士の夥しい投句が物語っている。赤冨士らも空襲警報が鳴る中で、学徒引率の滞在先で、企業の文芸部で、時間さえあれば結社句会や職場句会を望んで開いている。誰もが楽観的な情勢は一つもないことを知りつつ、集い、俳句に心の潤いを求めていた。

炎天へすべ無けれども愛を愛を　（昭和20年40歳）

昭和二十八年八月六日、広島に原子爆弾が落とされた。この句は被爆直後の広島の瓦礫の中を彷徨った赤冨士の十七音の絶叫である。八月六日前後の赤冨士の行動を句集より引用する。

――「三日置きに市内堺町方面の家屋疎開の取毀し作業に動員されてゐたので、八月六日は非番で、九死に一生を得たやうなもの」「当夜は舎監当直で帰宅も叶はず、他校の市内学徒をも引受けて八十六名を収容した。」「翌七日は、早朝より丸二木工の救護隊に参加し、受持大隊の市内学徒派遣の捜索に出かけ、終日市内にあり。」「八日当日は徹頭徹尾徒歩にて、深夜十二時を過ぎて帰宅（中略）終日〈水をくれ〉地獄図絵亡者を見つづけて、市内の火の中をさがしまはつたのだつた。」

建物の下敷きになった生徒、土管に挟まった親友、死ぬしかない無数の命を前になす術がなかった。容赦ない炎天は惨事に拍車をかけた。だが、炎天も天、天に縋るしかなく、天に懇願した。「愛」より「慈悲」が近いかもしれないが、絶望から叫んだ言葉は「愛を愛を」であった。

赤冨士俳句に「愛」の使用は極めて少ない。仏教徒の家系に育ち、寄宿先では読経漬けの生活をし、参籠も経験し、僧籍にあった妻を持ち、晩年の山荘には良寛堂を設けている。その東洋的な愛とは異なった愛を、西洋画を学び、西洋の文化に触れる過程で理解し、触れたのだろう。

昭和四十年、赤冨士、藍子が勤務した廿日市市山陽女子短期大学にこの句の碑が建った。依頼があればいつも最新の作品で応えていたが、この碑だけは昭和二十年詠を使った。この句を起点に赤冨士は猛然と歩み始める。

戦後篇（昭和二十一年〜同二十九年）俳誌廻廊創刊時代定礎

昭和五十三年五月号「廻廊」の赤冨士追悼号から、赤冨士が終生の師と仰いだ俳人皆吉爽雨の「赤冨士大人回顧」と題した追悼文の一部を引用し、廻廊創刊時の赤冨士物語とする。

——焦土の広島からわずかに離れた廿日市町の電柱に俳句の同志糾合の貼札を出した君は、その足ではるばると岸和田の私の疎開地に私をたずねてくれた。多分終戦のその年か翌年だったと思う。私にはおぼえのない大男が突如一人の同志をつれて現れたのである。今にして思うに、電柱に貼札をしたその余勢そのままをもつて私にぶつかりに来たものにちがいない。話は単純卒直で垂白その他亡きあとの広島に俳句を起すから力を貸してほしい、私自身全力の句作をするからよろしく頼む、ついては雑誌を出したいからその選を引受け、ついでに誌名をつけてほしいというのである。ここでも火の玉のような情熱に灼きつくされた私は、茫然としながらも大いに賛意を表して協力を約した。するとその大男は莞爾として近所の安宿に引きあげて、そのまま帰ってしまった。

碧落にみぢん湧きゝて鶴となる　（昭和22年42歳）
高きよりかがげのおちきて鶴きたる　〃
鶴舞うてまうて乾坤壺の如　〃

戦後の赤冨士は憑かれるように山口県八代村の鶴の飛来地を訪れている。鶴は、美術家赤冨士にとって美そのものであった。もう一つ、真っ白な鶴ではなく鍋鶴に重ねて見ていたのは、原爆に傷ついた人々が懸命に生きる姿ではなかっただろうか。

昭和二十二年から昭和四十六年まで、山口県八代に通いつめ、県外者としては最多記録の二十八回に及んだ。その都度、十句、五十句、百句と詠み、句集名は直前まで「鶴恋」を予定するほどであった。「鶴恋」はいつしか赤冨士の代名詞となっていった。

一句目。空の果から小さな点が現れ、無数の点々となり、みるみる膨らみ、近づき、やがて姿を結ぶ。一点から立体へ、さながら動画である。鶴が躍動し、歓迎の心が弾む。この句は現地八代に碑となっている。

二句目。鍋鶴は、全長約一メートル、翼を開くと二メートルほど、体重は三、四キロの小形ではあるが、待ち受ける心にずしりと重量で応える。

三句目。「舞うてまうて」は弾みに弾んで小躍りせんばかりの作者の姿でもある。「乾坤」は天地、天にも地にも鶴が舞う。鶴が高みから地面をめがけて下降してくる空間移動を壺に喩え、視覚化した。

長き夜ををとめひとりのしたしむ燈　（昭和21年41歳）

人の一生のほんの一時、初々しく清楚で、神々しささえ漂わせる時期がある。若竹はみるみる勢いよく伸び、あっという間に親竹に伍していくが、その若竹にも似た瑞々しい一瞬が人の成長期にもある。匂うがばかりの清々しい雰囲気を醸す。正にその時期を我が娘に見ている。

秋の夜長に灯火に親しむ娘の姿に、自我に目覚め始めたことを確認したのだ。落ち着いて読書に耽っている様子を見守りながら、これまでを振り返る。喜ぶべき今だが、親には、一抹の寂しさがある。

十三のをとめ主催の星まつる　（昭和22年42歳）

少し離れて一人娘を眺めている。近からず、遠からず、父と子の涼しい距離がある。七夕の行事は少女の成長に象徴的な意味を持つ。一つは季節の趣に触れること、一つは男女の愛に触れることである。短冊を飾る、願いを書く、星を仰ぐ、星のロマンに思いを廻らす。それらが情操を育む。

この句は中七がよい。「主催」とは小難しく、雅な七夕の行事には不向き、俳句の用語としても硬いが、その言葉を厳めしく用いて、まだまだ稚い少女の真剣さを捉え、父の自分も畏まってみせる可笑しさがある。ほどよい心の距離である。

羽ばたきてたづの帰心のおぎろなし　（昭和23年43歳）
鶴引くと韃靼とほく手をかざす　〃

引く鶴の雲にも逅はず消えつゞく
たづ引きて緞帳のごと舊山河

鶴の里山口県八代へは、最寄りの宮内串戸駅から乗車し、九駅目の岩国で乗り替え、更に八駅目の高水で下車し、そこからはバス便が極めて少なく、徒歩で山一つ越えるおよそ片道二時間半を要する道のりであった。

一句目。「おぎろなし」は「広大である」の意、その主体は「たづの帰心」である。今しも羽ばたいて故郷へ帰ろうとする鶴の思いを推し測る。飛来地の自然や村人に馴染みつつも、まっしぐらに故郷へ向う一途さに圧倒されたのだ。

二句目。手をかざして見送る。見送る眼に弓なりの列島が見え、やがて、韃靼海峡が見えてくる。さらにシベリアへ、バイカルへ、アムール河畔へ、果てしなくつづく旅を見送る。

三句目。第一陣が飛び立ち、二陣、三陣とつづく。見える限りを見送る。「消えつゞく」に群の数が表れているが、昭和二十三年のこの頃の約二百羽はしだいに減り、令和の現在では十数羽にまで減少しているという。

四句目。ドラマが終り、緞帳が下りる。半ば茫然として鶴を見送る作者と見送る後姿を見ている読者という劇中劇の構図である。

北斎忌冨嶽は人を育てをり　（昭和23年43歳）

「冨嶽は」と大上段に構え、意表を衝く角度で振り下ろした。助詞「が」ではなく「は」を選択し、散文的な叙述になる危険を冒しながら、その後に続くフレーズに重心を置いた。句の要は「人を育てをり」にある。富嶽は日本人が心の鑑として仰ぐ対象であるが、その富嶽を主体とし、富士山が人を育てるとした。富士山に育てられるという受け身の発想を逆転し、富士山が人を育てるという能動的な発想をした。違いは大きい。単純な擬人化を超え、精神性、哲学性に富む。葛飾北斎は生涯に亘って富士に向い、名画を生みつづけたが、それは大自然の富嶽が能動的に働きかけたからだと考える。巨匠北斎を育てたのは富士山であり、俳人赤富士を育てたのはその俳号赤冨士だったのだ。蓋し、至言、独創的、赤冨士の代表句にして富士の名句である。

俳号は、北斎の代表作「凱風快晴」こと「赤富士」を僭称した。この号は、絵描き赤富士の日本文化、殊に絵画への眼力と志向を表す。西洋画を学びながら北斎画を世界の至高と見ていた。昭和二十三年七月号の皆吉爽雨選「雪解」において、この句を含む「北齋忌」五句で巻頭を得た。つづけて一連の句を鑑賞する。

冨士いしく晴れてあるべし北齋忌　（昭和23年43歳）

「いしく」は漢字で「美しく」と書き、字の通り「よい、すぐれている」の意味である。接頭語の「お」を付ければ現代語の「おいしい」に近いと知ると、俄然、身近な語となる。北斎忌の旧暦の四月十八日は梅雨の頃になるが、どうか晴れてくれという願望が「べし」にある。また、晴れるべきだという思いが感じられる。北斎の偉業に天も応えよと命じるのだ。北斎の絶筆「富士越龍図」の昇龍さながら、天に昇っていく北斎の姿を重ねた。

北斎の代表作「冨嶽三十六景」のうち、特に評価が高いのは三大役物の「神奈川沖浪裏」「凱風快晴（赤富士）」「山下白雨（黒富士）」であるが、「凱風快晴」に特別の思いを抱き、俳号を赤富士と名乗り、生前に戒名は「夜来院釋凱風」と定めていた。

浪裏に冨嶽ゆるがず北齋忌　（昭和23年43歳）

渦巻く波濤、波間の小舟、彼方の小さな富士という劇的な構図で知られるあの「神奈川沖浪裏」である。臆面もなくというべきか、連想ゲームのようにというべきか、「浪裏」「冨嶽」「北齋」の三語を使用し、「ゆるがず」一語で打って出た。

今にも襲い掛かりそうな大波、引き摺り込まれそうな恐怖感、上下に大揺れしそうな幻惑感などに曝されながら、目は彼方の小さな富士の不動の姿を凝視している。そこに作者の富嶽観がある。読者は、というか、北斎画のファンは、躍動感や臨場感に満足し、揺るがない不動の富嶽に安堵する。これほど小さく描かれても、これほどの波濤越しにも、微動だにしない富士に拍手し、我らが富士よと崇め、誇らしく思う。この句は、あたかも読者が北斎画の前に立っているか、画中の舟に乗っているか、舟人を案じる身内ででもあるかのような気持にさせる。

錦絵の岱赭の富士に北斎忌　（昭和23年43歳）

「岱赭」は赤土から作られる顔料の色をさし、くすんだ黄赤、やや明るい茶色である。北斎画の「凱風快晴」は「赤富士」とも呼ばれる。「凱風」は夏に吹く南風、「赤富士」は晩夏に朝日に映えて真っ赤に見える現象をいう。俳号を赤富士と名乗る作者の思いが籠もる。

しるこ屋の額の赤富士北斎忌　（昭和23年43歳）

脇句の味わいがあり、前四句の迫力に圧倒された読者はこの句で息を抜く。この強弱が連作には求められる。

今ならば若者に人気のスイーツ店のようなもの。壁に北斎の代表作の「赤富士」が掛かっていた。和風の汁粉屋に和風の情緒がしっくりする。汁粉が一段と美味い。

浮世絵はもともと庶民が小銭で贖えるものだった。身近にあり、安価であり、よく売れた。当時の町中にも身近に北斎は息づいていて、複製であったとしても、歴とした額入りの待遇を得ていたのだ。

虹の虚子おもへば子規は僧の如 （昭和23年43歳）

虚子と子規の人間像を端的に詠んだ。「虹の虚子」についてはエピソードがある。この句の前年に、虚子は門下の森田愛子をモデルに写生文『虹』を発表し、大きな話題を呼んだ。相聞句「虹立ちて忽ち君の在る如し」「虹消えて忽ち君の無き如し」などはここに発表された。子規の「ホトトギス」を継承し俳壇を牽引した虚子は、人々が仰ぎ見る虹に重なり、虹にも似た薄命の愛子は晩年の虚子に射した一瞬の光のように受け取られた。

一方、正岡子規の短い生涯は僧のようでもあった。文学への没頭、創作への執念、病苦の凄まじさなどが広く知られ、私生活の華やかさはほとんどない。病床の写真が伝える風貌は近代文学史上きっての悲運の一つである。「僧」に禁欲的な意味合いも含ませたか。虚子と子規それぞれへの率直な人間観としたい。

この句は皆吉爽雨選「雪解」雑詠の巻頭を得た。虚子は当時すでに俳句界の第一人者であり、多くの門下を育成していた。赤富士も、皆吉爽雨も、虚子に師事する一人であった。この句は、既に巨人と目されていた虚子に対しての正直な人間観察である。一席に推した爽雨の忖度のない選も見事である。だが、同門からの横波は避けられなかった。

赤冨士への批判の詳細は記されていないが、実験的写生文『虹』への赤冨士の正直な見方が虚子一門には容認し難かったことは確かである。だが爽雨が一席に推したこの事実は、赤冨士の独り善がりの虚子観ではないことの証左である。

虚子門からの詰問状を「廻廊」に掲載するが、「この一句については誤伝があるやうなので」の一文にとどめている。赤冨士追悼特集の知人の回想に、次の会話が紹介されている。「何故、雪解への投句を休んで居られますか。」と問うと、「同門として同居するのは嫌と思われる人が、あちこち眼にちらつくからよ。こんなことを云うようでは、ワシも男らしくないのかのう。」と呵呵大笑したということである。「ホトトギス」に学び虚子を師として仰いできた赤冨士に周囲の反応は意外なものだっただろう。横波の強さが想像できる。

襤褸《ぼろ》布子《ぬのこ》着て夫子《ふうし》には過ぎし妻　（昭和24年44歳）

赤冨士と徳子の結婚は、独身を通そうとする徳子の強い意志、東京と北海道との遠距離、徳子が八歳年上という年齢差などが壁となり、赤冨士の熱愛と忍耐と押しの一手を以ってしても足掛け十年を要した。

徳子は、一度は仏門に帰依し、その後、書家として身を立てる覚悟であった。この句の手放しの女房讃歌には悲しい過去がある。第一子を失い、戦中戦後を、それも原爆投下の広島で共に生き抜いてきた夫婦である。襤褸布子はその困難を象徴する。女盛りを包んだ襤褸への愛惜に飾り気がない。

この句にまつわるエピソードを自註から引用する。「突如東大山口青邨博士より懇書をうく。もとより一面識もなき老大家なり。句も住所も俳句年鑑あたりでしらべて、手紙を書いて激励されるなど、普通の人に出来ることにはあらず。只々恐れ入る。」

大 試 験 地 獄 わ が 子 に 人 の 子 に

（昭和26年46歳）

期末試験が小試験であるのに対して、進級のための学年試験や卒業試験を大試験といった。落第という現実があり、生徒にはもちろん教師や親たちにも大関門であり、時には修羅場となる。その艱難を八音・九音の破調がよく表している。語順を入れ替えて五・七・五の定型で表現できなくはないが、それではことの不穏さが薄まる。「わが子に人の子に」と置いて、まずは親として我が子を案じる正直さが好ましい。同時に教え子の身の上を心配し、その親の心中を思い遣ったのだ。

園繪は十六歳、父赤冨士の勤務校の廿日市高等学校の生徒であった。美術の教師である父の授業を受け、点数も付けられた。豪放磊落、破天荒な父は、教え子からは圧倒的な人気を得ていたが、その名物教師ぶりが娘の負担にならなかったということはなかった。園繪は戸惑ったり赤面したり、父に辛い点数を付けながらも、卒業時には同じ画家の道を志す娘に成長していた。

私事ながら、筆者が赤冨士伝に熱中した心の中に、赤冨士とほぼ同世代の筆者自身の父の面影を見ていたことに気づいた。父も数々の語り草を残す田舎の名物教師であった。短歌や俳句に親しみ、ヴァイオリンやオルガンを弾き、陶芸に親しみ、赴任した先々の校庭に樹木や草花を植えていった。

一千の扇うごける演壇に　（昭和26年46歳）

広島ペンクラブ主催の文芸講演会において一時間半の講演を行った。主催者側からの設題は「桑原武夫氏の第二芸術論批判」であった。合点承知の助とばかり、喰らいつきたいような題に意気揚々と乗り込んだに違いない。見回してざっと千人、文句なしの聴衆の数、願ったり叶ったり、この演題に人生の絶頂を感じたかもしれない。第二芸術論とは短詩型は小説や戯曲に比して質が落ちるとした論であるが、短歌や俳句の本質をゆるがすには至らなかった。赤冨士の確固たる信念の独擅場だったに違いなく、聴衆の共感を得たことだろう。本業は美術教師、民藝運動にも熱心だったが、この日の絵画の講師は小磯良平が担った。二人は美校の先輩と後輩、久闊を叙すも「お前がなんでその題で」と相成る。こんな依頼も、「健全なる俳句創作活動をもつて、焦土広島の精神運動に参加せん」として旗揚げした「廻廊」が軌道に乗っていた証である。

この頃、広島造幣局文芸部講師、広島市水道局文芸部講師を依嘱され、それぞれ「こがね句会」「泉句会」と命名しているが、その名にも赤冨士らしい俳諧味がある。

天井をへびゆくひくきひくきおと　（昭和26年46歳）

不気味さ極まりない。あの長いいやな生き物が姿も見せず忍び込んで移動中なのである。大きくて古い家にはたいてい主のような奴がいたものである。そいつかもしれない。家人には馴染みなのだ。気配だけで彼奴と判るのだ。滅多に遭遇することはないが、もしも出くわそうものなら生きた心地はしない。飼っている小鳥や鶏の卵に実害がないかぎりは黙認せざるを得ない。否だが、嫌いだが、憎いのだが、どうにも手の施しようがなく、しぶしぶ存在を認知している。筆者は、蛇のへの字も嫌いだがこの句のリアルさに目を瞑れなかった。平仮名で長く長く綴ったところなど、うまい。如何にも這っているような感じがする。聞こえる筈はないように思うが、聞こえてくる音は低い。低いことがあたかも武器であるかのように、不気味な低い音を立てる。いっそうのこと足があれば許せるのに。「へびをのむ梟《ふくろふ》とのほかの悪者《わる》」の句もある。

さそり座の大火こよひは濃きほむら　（昭和26年46歳）

昔々のフランスのラスコー壁画には星座と見られる点々が描かれ、明日香のキトラ古墳には三百六十余もの星が描かれているという。星空は、昔は、人々のすぐ上に広がっていた。

さそり座は夏の星座である。日没後の南の空に低く、大きくS字型に横たわる。その中の一際赤く輝くアンタレスは、大きさは太陽の数百倍以上、明るさは太陽の数千倍以上という。中国では大火または火と呼ぶようだが、その命名はさそり座にまつわるギリシャ神話に劣らず、人々を捉える。今宵は一段と目立つ。大きく、赤く、燃え立っている。妖しいばかりの光に唆され、煽られ、神話を創り上げたギリシャ人さながら、大宇宙に遊び、空想を巡らし、新たな物語を紡ぐ思いで見上げる。天狗のような大男、文芸への野心に滾る赤冨士にさそり座の大火がよく似合う。

いくたびの筆禍ぞしをんむらさきに　（昭和26年46歳）
けふの詩も甘ししをんは蝶に荒れ　〃
ゆれてゐるしをんにてふは翅《は》をたゝむ　〃
あたらしき障子をうつはしをんらし　〃
山をぬくしをん四五本五六本　〃

ゆれやみてしをんのたけのきはまりぬ　〃
ゆれもどりかねつゝしをんはなをはる　〃
長けすゝむほかなくしをん長けをはる　〃

昭和二十六年、俳句結社「廻廊」に連合国軍最高司令官総司令部（ＧＨＱ）により「一度だけ」発禁処分が下された。対象は原爆に関するものにも向けられ、栗原貞子の詩「生ましめん哉」、峠三吉の詩「にんげんをかえせ」、永井隆の「長崎の鐘」なども発禁または条件付きとなっている。赤冨士は被爆直後の惨状を俳句ではなく短歌に詠み、原爆記録五十首「忌はしき虹」と題して残している。被爆者の生々しい惨状をリアルに写生しているが、政治的思想は皆無である。戦時中、俳号赤冨士は大いに災いした。特高から「赤化運動者として露骨にマークされつづけ」、戦後はＧＨＱが「廻廊吟社を傍若無人の左翼運動者として見てゐたやうである」と自註にある。

発禁処分は長文の英文の始末書を以て落着した。しかし、心中は穏やかならず、憤懣は抑え難く、強いわだかまりをこれら八句の連作にぶつけている。

紫苑は丈夫で丈高く薄紫色の花が美しい。その紫苑に抵抗の心を託した。「しをん」

は俳句作品の比喩に他ならない。その美しさ、強さを称え、「廻廊」主宰としての文学活動に胸を張ったのである。

一句目の「いくたびの」とあるのは、昭和二十三年の句「虹の虚子おもへば子規は僧の如」によって批判されたことを指してもいる。

動詞「荒れ」「ゆれ」「うつ」「をはる」「たゝく」は紫苑の花に重ねた「廻廊」の様子である。「ゆれ」「をはる」の繰り返しや「かねつゝ」「ほかなく」にいつもの赤冨士らしさはない。歯がゆいほど女々しい。憤懣やる方ない。屈辱感、無力感に苛まれる。だが、無念さや怒りは、やはり、俳句による表現しかなかった。

紫苑は美しい薄紫色の花を咲かせるが、花の優美さからすると葉や茎はまばらに毛がついていて触るとざらざらと野性的である。葉の縁にはぎざぎざした鋸歯があり、むしろ荒々しく、逞しい。丈夫で、よく育つ。丈が高く風に揺れるが、大風でもなければ倒れ伏すことはない。そうではあるが、痛手であった。大きな疵を負った。自らをあやすかのような連作にその深手を思う。だが、紫苑は一年草ではなく、地中の根は冬を越して春にはまた芽吹く。野性の強さを秘めて強靱である。

虚子の座の世襲ときまる獺祭忌　（昭和26年46歳）
このふみも子規の遠忌《をんき》の切手貼る　〃
とんがれるよこがほに痰一斗の忌　〃
柿とがり剝いても尖り子規こひし　〃
子規といふ大せつかちの忌日かな　〃
律刀自《りつとじ》の三周忌くる子規忌くる　〃

昭和二十六年、「ホトトギス」雑詠選者は虚子の長男年尾に交代した。同年、子規没後五十年目の九月十九日、文化人シリーズとして子規の肖像写真の八円切手が発行された。これらは「虹の虚子」についての波風を思い出させる一事だっただろう。「世襲」に、筆者は、赤富士が違和感を抱いたと感じるが、誤読かも知れない。「とんがれる」「とがり」「尖り」とあるのは赤富士の心中の表れ、早世の子規を悼みつつ、それが、八つ当たりのようになる。

松山での子規五十年祭に虚子一門が集合したが、「つむじまがりのわれ、海をわたればすぐそこなのに、おがみにはゆかず」として、穏やかではない気持を吐露している。松山までは一飛び、虚子を師と仰ぎ、催合《もやい》好き、人間好き、何といっても子規大好きの赤富士の心が騒がなかったはずはないのに、である。

かげろふはつまのまぼろし民喜の忌

（昭和27年47歳）

詩人原民喜の「コレガ人間ナノデス」で始まり「コレガ　コレガ人間ナノデス　人間ノ顔ナノデス」で終る原爆を描いた詩「原爆小景」は、そっくりそのまま赤富士の脳裏に刻印された光景である。自らの体験を民喜は詩と散文に、赤富士は短歌と俳句に書き留めた。その民喜は一年前の昭和二十六年三月十三日、四十五歳で鉄道自殺をしている。広島生まれ、年齢差は一つ、上京していた時期は重なる。自死の動機は何であれ、原爆を生き延び、原爆を詩に刻んだ同年代の無惨な死はこたえただろう。この句は、民喜の詩の一節の「一輪の花の幻」を踏まえ、目の前に立ち上る陽炎を民喜の亡き妻の幻と見、幻の妻を追う民喜を思って詠んだ句である。

民喜は廿日市の八幡村に疎開しており、可愛橋川下の実兄の家を、しばしば長土手を歩いて訪ねていた。『原民喜全集』にある随筆「道」数篇はその道であり、同じ道を赤冨士も何度も辿り、「斯くは来し民喜疎開の千草の道」と偲んでいる。

相國忌敗者の青史《せいし》うつくしく　（昭和28年48歳）
納経のこれも女手相國忌　〃
流燈の西へおちゆく清盛忌　〃

一句目。「相國」は平清盛のこと、「青史」は青竹を札として文字を記したところから歴史書などをいう。滅亡の歴史を「うつくしく」と称えた。この敗者への賛辞は、弱者に味方し共感するわが日本民族の心を摑んでいる。わけても滅びゆく平家とえにしの深い瀬戸内での平家贔屓は強く、宮島を我が庭のように親しんでいる赤冨士に、清盛は歴史の英雄であると同時に隣人のような存在だっただろう。清盛の命日に合わせて、平家一門の厳島神社への参詣行列を再現した清盛まつりが行われている。

二句目。『平家物語』には多くの女人が登場する。時子、滋子、徳子、盛子ら一族はじめ、祇王、妓女、仏御前、静御前などの白拍子で彩られる。それぞれの秘話が偲ばれ、絵巻の女人が浮かんでは消えていく。

三句目。西へ西へと追われ落ちていった平家一門の哀れそのものが流燈の光景に再現された。

武蔵《むさし》埜《の》のはるざむつひに汝《な》が上《へ》にも　（昭和28年48歳）

第二子の誕生以来、折ある毎に「嗣子園繪」と書いているのは、長女紫を生後間もなく逝かせてしまった痛恨の故だろうか。園繪は画家を目指し、東京の女子美術大学へ進学した。赤富士は、激しく吹雪く夕方の広島駅に園繪を乗せた夜行寝台急行「安芸号」を見送った。「はるざむ」に父の心情がある。行き先を「武蔵埜」とし、切り拓く余地の十分にある土地という印象を出した。「汝」からは、もはや吾子ではなく、一人の個としての女性を認識していることが伝わる。だが、画家を志す娘の前途の厳しさを思わずにはいられなかった。

「つひに」の一語に切実な響きがある。進学はめでたい。が、こうした形で親子の第一の別れが訪れた。そして六年後、「嗣子園繪」は結婚という第二の別離を自ら選択し、橋本園繪として自分の道を歩いていくことになる。「上」は身の上、親心の切実さがこの一字にもある。

一週に一信母へ母の日も

母の日のひとのみは、に甘え住む　〃

（昭和28年48歳）

一句目。「二」の頭韻、「母」のリフレーンが歯切れよく、リズムがある。「母へ」といい「母の日も」と畳み込んだ呼吸がうまい。知らせたいことが山のようにある娘。娘の便りを千秋の思いで待つ親。通信手段が限られていた頃の手紙がもたらす潤いは大きかった。園繪の筆跡は母徳子が容赦なく鍛え上げた腕である。

二句目。第一子に死なれ、第二子を身籠った身体で夫の郷里に伴われ、見知らぬ土地に定住するという環境の激変は、徳子にとってどんなものだったたか。舅姑に心から受け入れられるかどうか。ところが、「ひとのみは、」すなわち姑に「甘え住む」という平穏な日常を徳子は作り出していた。中七下五の甘美な表現に読者は酔うだろう。

炎天へ忿《いか》れる言《こと》のよろしさよ

（昭和28年48歳）

〃さげすまれつ、とうろうに灯を献ず〃
〃ひろしまのいまはもいまもつばめどち〃

「広島原爆八周忌八句」として詠んだ。

一句目。怒りが燃え滾る。歳月が忘れさせることは絶対にない。怒り、恨み、呪いを言葉にすれば醜い。が、その言葉を肯定する。祈念式典でのことか。黙っていてはいけない、と叫ぶような語調である。向けるところのない怒りである。本当に許せないのだ。

二句目。「さげすまれつ、」に衝撃を受ける。現実はそうなのだ。就職に、結婚に、高い壁が立ちはだかる。被爆者が蔑まれ、差別される。二重に、三重に、何度も懲しめられなければならない。現実は、そうなのだ。

三句目。「はも」は強意、「いま」を二度繰り返し、八年後の今現在をしっかりと凝視する。どれほどの感動で「いま」を見つめていることか。片仮名で「ヒロシマ」と表記すると特別の地名になる。片仮名はこわばり、引っ掛かり、ヒリヒリと痛い。平仮名の「ひろしま」は、柔らかい。十七音すべての平仮名が念仏のように思えてくる。

燕の飛び交う「ひろしま」がいかにも貴くいとしい。

生徒水を欲るとき教師泉欲る（昭和28年48歳）

少年の後光泉を掬すとき　〃

一句目。「生徒」と「教師」、「水」と「泉」を対比させ、それぞれの属性を描いた。自分ひとりの水を求める生徒と、全員の命を潤す泉を求める教師である。尽きることなく湧き出る泉の有難さ、それは、どの子にも等しく向かい合う教師の姿である。

二句目。「きみたち教師が教壇に立つときは、生徒らの三十年後の後光を拝みながら口をききたまへ」は、十九世紀のアメリカの思想家であり詩人であったエマソンの言葉である。赤冨士は退職が近づいた頃、「この言葉を胸中ふかく銘記して三十数年来教壇に立ってゐる」と述懐している。教師赤冨士の人気は入学前の生徒にも及び、廿日市高校への志願者が増え、美術の選択者は圧倒的多数となり、教室での咳払い一つもどっと笑いの渦を巻き起こしたという。だが、同校に学んだ娘の園繪はそれらのいちいちが恥ずかしく、名物教師の父にはらはらさせられっ放しだった、と語っている。

美しきことを伏字に西鶴忌　（昭和28年48歳）

日本の古典といえば『源氏物語』だが、その源氏に準えて井原西鶴は『好色一代男』を書き、文学史に名を刻んだ。時代によっては両者とも公序良俗に反するという理由で冷遇されている。焚書や発禁ほどではないにしても「伏字」はその一例である。手元にある岩波書店の『日本古典文学大系　西鶴集上』には伏字はないが、昭和二年発行の岩波文庫版『好色一代男』（和田万吉校訂）には十数箇所に伏字がある。その、誰かの目には憚りとされる箇所を「美しきこと」とした。痛快ではないか。文芸のテーマは人間そのもの、性も例外ではない。裸婦を描く赤冨士が追究するのは肉体美、そして人間そのもの、それが生への讃歌である。

籾干してたづ野のまがきひく丶結ふ　（昭和28年48歳）

山垣に八重山垣にたづみぢん　（昭和28年48歳）

九皐にこぞる藁塚むらたづあそぶ　〃

毎年、ある時は単身で、ある時は句友たちと、あるいは生徒や園繪を伴って、山口県八代を訪ねている。

稲刈りの後は、脱穀、乾燥、籾摺りへと農作業がつづく。北方からは、鶴、雁、鴨などの渡鳥が飛来し、落穂を啄む。籬は竹や柴などを粗く編んで囲った垣根だが、そこが「たづ野」となり、盆地の周囲を取り囲む山々は天然の垣をなす。「たづ」は万葉集に多く使われている歌語であり、「まがき」「山垣」「八重山垣」にも万葉を思わせる響きがあり、何百年、何千年とつづいてきた人と生き物との豊かな暮らしを浮かび上がらせる。

鶴だけを目指して通ったのではなかっただろう。鶴と鶴が好んだ自然そのものを鶴と同じ心で愛でたのだろう。「山垣に八重山垣に」は昔々の自然の姿だっただろう。「籾干して」「藁塚」に具体的な人の営み、「ひく丶結ふ」に自然との調和がうかがえる。「九皐《きゅうこう》」は幾重にも曲がってつづく奥深い沢をいう。「鶴鳴九皐」を踏まえ、我こそは深山の隠れた賢人を知る者ぞという自負があったか。

ミレーのたねまきからすも描けばよかりしに　（昭和28年49歳）
ゴッホのたねまきお供の衆のからすも描く　〃
黒い子を庇《かば》ひて悲母はからすにも　〃
園繪の父ときにからすのとゝに似る　〃

これらを含み鴉を題材に十一句を詠んでいる。一連の前に「〈権兵衛と黒い眷属《けんぞく》〉黒い眷属は蓮如の白骨の章に感情を移入せしものなり」とある。白骨の章は仏事法事などでよく読まれる。原爆を描いた井伏鱒二の『黒い雨』やマンガ『はだしのゲン』でもこれを暗誦する場面が出てくる。筆者も子どもの頃から耳にし、ほぼ諳んじている。

ほたる火におほきなやみのうごきけり　（昭和29年49歳）
螢籠借りもするなる泊りかな　〃

一句目。平仮名表記が効果的である。蛍の情趣は平仮名がふさわしい。漆黒の闇の中を小さな平仮名が、一つ、二つ、光となって彷徨っているかのようだ。蛍火が広く深い闇をおし広げていく。最少の素材で大きな空間を抒情的に描いた。自然界はサイエンス的に描くこともできるが、文芸的に大まかに描写した。科学では「おほきなやみ」では不可、「うごきけり」では説明不足であるが、文芸はそれで納得させる。一切の知識に優る小さな言葉の大きな力を見せた。

二句目。思いがけなく蛍の宿に巡り合せたとしよう。蛍の宿とはものの喩え、構えのささやかな宿である。あるいは知り合いの家だったかもしれない。たまたま蛍を捕まえたが、掌に包み込んだまま、どうしようかと思案、放せばよいものを、しばし、戯れたかったのだ。宿の主も蛍籠をと所望され、大いに粋がっただろう。一入の情趣、童心、なかなかの挿話である。

舟渡御の管絃いまだ櫃《ひつ》を出でず　（昭和29年49歳）
憚《はゞか》れ退《そ》けくわんげんさいの州《す》の舳先　〃
西海へくわんげんぶねのおちゆく灯　〃
祭果つなほ不夜城をうみくがに　〃

日本三大船神事の一つとされる厳島神社の管絃祭を詠んだ。舟を浮かべ管絃を合奏する王朝時代の優雅な遊びを再現したと伝わっている。

一句目。夜の暗い波間に神輿を乗せた和舟が浮かび、篝火が灯され、管絃が奏でられる。「いまだ櫃を出でず」は、雅楽が奏でられる直前の楽器の静けさを捉え、次第に高まっていく期待感を描いている。

二句目。威勢のよさを「憚れ」「退け」の怒声で描いた。漕ぎ手が一息に、一気に、くるりと和舟を回転させるという息詰まる場面もある。

三句目。「西海へ」「おちゆく」で滅びゆく平家一門の運命を描き、華やかな王朝絵巻の最終へ、祭のクライマックスへと導いていく。

四句目。夜祭であり海の祭である管絃祭は、篝火や提灯の許で行われ、その名残りの灯がそこここに漂い、覚めやらぬ余情を留めている。波音の静けさが絶頂の華やかさを蘇らせる。

続戦後篇（昭和三十年〜同三十九年）俳誌廻廊誌齢十年より二十年へ

父の前画稿解かる丶帰省かな　（昭和30年50歳）
帰省果つチューヴ重たき画生の前　〃
帰省子のバイバイ父母に祖母にいんこに　〃

帰郷、帰省、里帰りなど似た言葉はいくつかあるが、季語になるのは「帰省」のみで、短期間だけ親兄弟のいる郷里に帰ることをいい、またすぐ離れていくことを前提とする。「省」には「安否をたずねる」という意味があり、単に帰郷するというものではない。都会風になっていく娘園繪の変化が眩しい。戸惑い、喜び、自分と同じ画家を志すことへの大きな期待と大きな不安が交錯する。「画稿解かる丶」「チューヴ重たき」に画学生としての我が子を思い遣る複雑さがある。画布や絵具などの荷物はずしりと重い。それは学業の成り難さ、前途の厳しさ、世間の風当たりなど、案じて余りある重さを想像させる。世間が求める理想の女性像は良妻賢母という時代であった。だが、当の本人はあどけない。時代は大きく動いているが、女流画家への道のりは遠い。

雪どけのごときと、せとおもひ過ぐ　（昭和31年51歳）

「廻廊」創刊十周年の感慨である。ようやく兆す早春の気配にじわりと喜びが込み上げてくる。底からの出発だった。原爆投下後の底のまだ燻る廃墟を、時には園繪を伴って創刊の貼り紙をして回ったという。壊れかかった鉄橋を歩いて渡るのが怖かったと園繪は振り返っている。GHQからの発禁処分にも遭っている。そんな中で造幣局、水道局、官公街の文芸部の講師、NHK「ラジオ俳壇」の選者、ペンクラブの文芸講演会の講師などに招聘されている。苦難も喜びの十年を経た感慨を「雪どけ」の季語がよく表している。

十周年記念大会と同時に皆吉爽雨句碑「潮の香のみたらしふくみ初詣」の除幕式を行っている。句碑は厳島神社裏に建ち、宮司、神職総出仕し、参会者は東京、京阪神、四国、九州の各地から集い、盛会、赤富士居には十八名が宿泊している。

船渡御の仕へ譲らず艪《ろ》に櫂《かい》に　（昭和32年52歳）
御座船の齋主《さいしゆ》の端坐《たんざ》ひるむなし　〃
汐風に窶《やつ》れし燭やまつりぶね　〃
まつりぶね出汐《でしほ》の月にぬれそめし　〃

一句目。ある者は艪を操り、ある者は櫂を操り、率先してその任に当たる。動詞「譲らず」は誰も彼もが惜しみなく力と心意気を捧げるさまを表した。鳳輦を戴く御座船は管絃祭の華である。

二句目。「ひるむなし」で神官の風格と威厳を表した。

三句目。篝火が汐風に吹かれて、細く、長く、揺蕩う。生き物のようなその動きを「窶れし」と見立てた。「燭」は薄闇の華である。

四句目。宮島の風景は潮の満ち引きで変化する。管絃祭はほぼ満月に近いことや深夜に大潮になることが考慮され、旧暦の六月十七日に行われる。舞台は海の上、朱の廻廊は大道具に、月や波は小道具となる。「出汐」は月の出とともに満ちてくる潮をいうが、あらゆるものがクライマックスに向かって態勢を整えていく。しっとりと月光に濡れ始めた祭船がいよいよ幻想的に浮かび上がってくる。

卒業歌こゑなき母とうたふなり　（昭和34年54歳）

卒業や瀬戸《せと》の尾かしら不取敢《とりあへず》　〃

「仰げば尊し」「蛍の光」はしみじみと心に沁みる。曲にも歌詞にも一入の感慨がある。はるか遠くの我が子の晴の姿を瞼に浮かべ、郷里の父と母が卒業歌を歌って祝福する。父は一際大きく声を張り上げ、心を尽くして歌い、母は胸に迫る思いから声にならない。「うたふなり」は、曲の最後の「幸くと許り 歌うなり」に重なる最も感動的な文言である。「幸いであれ」と祈る。

園繪は女子美術大学を総代で卒業した。「総代」が園繪の学業を物語る。卒業制作では新制作展に入選し、女流美術展にも入選している。激しく雪の降る日、上京していく夜行列車を見送った父であった。その娘の晴の卒業を、地元瀬戸内海の鯛の「尾かしら」ではるかに祝った。

その四月、「嗣子園繪」は、東京の神社で橋本日出男と二人だけで式を挙げ、橋本姓を名乗った。上京に次ぐ二度目の親娘の別れであった。園繪は初めから婚家に受け入れられたのではなかった。画家故に疎まれただけではなかっただろう。その事情は想像を巡らすのみである。

松籟のなか裂帛《れっぱく》の雲井鶴　（昭和35年55歳）
鶴唳《くわくれい》のゆたかなる湯に年惜しむ　〃
まひづるに五雲たらむと初茜《あかね》　〃
田の鶴の首のあゆみて脚あゆむ　〃
つゝと首つゝつゝと嘴《はし》たづあゆむ　〃

年末を待ちかねて今年も鶴の里を訪ねる。大晦日から元日にかけての一泊吟行は毎年の恒例となっていた。

一句目。松の梢に吹く風音も、鶴の鳴き声も、共に寂しい。荒涼とした自然の中で鶴の美しさが際立つ。平仮名表記を好む作者にして珍しく漢語が多用されているのは鶴の格調を重んじたためか。

二句目。「鶴唳」は鶴の鳴き声をいう。「乞ふ乞ふ」と聞こえたか、「恋ふ恋ふ」と聞いたか。鶴見亭の常連客となり、今年も年の湯に浸かる。

三句目。「まひづる」「五雲」「初茜」に正月の目出度さが極まる。

四、五句目。両脚を揃えて飛翔する姿は美しいが、歩く姿はやや不格好で前のめりになり、操られているような不自然さがある。「首のあゆみて脚あゆむ」「つゝと首つゝつゝと嘴」は、その様子をリアルに摑んでいる。だが、対句のリズムにより鶴らしい格調が保たれている。

花菜みち喪《も》のきぬずれのうちつゞく　（昭和35年55歳）

母杉山四季の葬儀である。明るい黄色の菜の花は不似合いのようではあるが、享年七十九歳の天寿を全うした人生への散華のようでもある。行き交う人々は道を譲り、田中の人々は仕事の手を止めて合掌する。視覚的には遠景を、聴覚的には近景を捉え、昭和の中頃まで地方で見られた葬式絵巻が描かれている。

師の皆吉爽雨より「南無落花南無御母を見おくりぬ」の悼句と供花が届く。「南無」の繰り返しに厳粛な弔意と故人への敬意が籠もる。「落花」と「御母」の並列に死者を称える心がある。爽雨は広島を訪れては赤冨士宅に宿泊し、母四季や妻徳子の懇ろなもてなしを受けていた。赤冨士はこの弔句に「恭し」と書いているが、そこには師弟の敬愛の歳月があった。

植樹の根やすらかにあり卒業歌

（昭和35年55歳）

学校にはさまざまな樹木があり、記念樹としての植樹の機会も多い。この句には、一般的な記念植樹とは別に感動的な背景がある。廿日市高校の立地環境は針葉樹以外の植樹は不毛とされる埋立地であったが、当時の校長他の不屈の信念と実行力により、成木五百本の移植による緑化を敢行し、成功したのだった。三年計画であった。赤冨士の定年までの二十年間の勤務校であり、娘園繪の母校でもある廿日市高等学校にこの句の碑が建っている。

新涼やちごのもろ手のつかむもの　（昭和35年55歳）

新涼は秋口の涼しさをいう。「シンリョウ」の響きに涼しさが宿っている。夏の暑さに弱った心身が蘇り、自ずから前向きになる季節である。そんな折も折、よき知らせがもたらされた。「八月三十日、東京醫大病院より長距離電話。初孫男兒安産。」孫橋本龍太の誕生である。「かねてより、初孫の命名を祖父の吾に徴し来りゐしかば、熟慮の末、民藝風に最も堅牢で美しい色目を選び、〈杉山紺〉と名付けて送りたり。孫の写真届く。抱いてみたし。妻も斯くはありなんかし。深慮遠謀日夜、譲歩又譲歩。」と記している。命名〈杉山紺〉は受け入れられなかった。最後の一行については後述する。

赤子が無意識に突出す両手にこの世のよきものの全てを握らせたいと思い、いや、よきものは自分の手で摑むものだと思い直し、その手で何を摑むだろうかと未来に思いを馳せる。真っ新な赤子の命そのもの、その尊さ、強さを詠んで清々しく、爽やか、すべての幼児を祝福する普遍的人間愛のよろしさがある。

後に、「孫が、わしの希望を託するに足るように育っている気がする」と語っている。

毛蟲焼くアイヒマンより火をもらひ　（昭和36年56歳）

アイヒマン以外にここに置く固有名詞は見つからない。ヒトラーでもオッペンハイマーでもなく、今ならプーチンの名も浮かぶが、より直接的に虐殺に手を染めた大悪党としてこれよりないだろう。アイヒマンとはナチス政権下で六百万人ものユダヤ人を強制収容所へ移送し、大量虐殺に深くかかわった人物である。しかし、大胆な句である。悪名高いアイヒマンの手下となって生ける命を火炙りにするというのだ。ことは毛虫退治、大袈裟だが残虐な仕業には違いない。そもそも火を手に入れた原始の人々は、火を神聖なものとして、怖れ敬い、その恩恵に浴して感謝した。神のものともいうべきその火をおぞましくも大量虐殺者から貰い受けて、この自分が生き物を焼き殺す。

原爆投下直後の広島市内に駆けつけ、瓦礫の中を這い回り、必死の救助活動を行い、自らも入市被爆者となった作者が、時に、加害者に逆転したかのような罪の意識に苛まれる。あの時、何が、何を、そんな自問に苦しむ。

炎帝に参ずべくなほ畫布を張れ

（昭和37年57歳）

「がんばれ、がんばれ」の思いが叶い、さらに頑張れと応援する。卒業も、結婚も、出産も、間近に見守ることはできなかった親の思いがここで爆発した。手放しの祝意である。「畫布」は油絵を描くための布、キャンバスのこと。さながら大海原に漕ぎ出す帆船に向ってさらに高く帆を張れとばかりの大声援である。一旦は手放したと思っていた愛娘を再び確実に感じたのだ。その仲立は画であった。画にかけては堂々たる先輩のこの自分がこの若き絵描きの紛れもない生みの親だと誇らしかったのだ。しかし、炎帝はあっさりとは味方になりそうにない。願わくは、炎帝よ、芸術の守護神たれ、と切に思うのである。

園繪は卒業制作で入選以来、再び、新制作展、女流美術展に入選するという快挙をなした。その喜びの一句である。

雪像の顎《あご》に一痕《こん》美の女神　（昭和38年58歳）
雪像のヴィナスも林檎もつ手欠く　〃

積雪五十センチメートルの朝、急遽、職員会議を要請し、美術教師として全校雪像コンクールを提案した。全日制、定時制の一年から四年までがクラス毎に組となって競った。一位は丈六釈迦像、二位は三メートルのミロ島アフロディテ、三位は三メートルの横臥オダリスク、四位は鯉城こと広島城であった。創造と独創の教室である。強い行動力を発揮した赤冨士である。

定年退職まで残すところ二か月余、これは、生徒たちから絶大な人気を得ていた名物教師赤冨士の感動的な逸話である。

愛別の日々くろがねは実を了る　（昭和38年58歳）
蓑蟲の枯淡はたして許されず　〃
老いごころまごに叱られあをきふむ　〃

定年退職の心境である。我々の日常には仏教に由来する言葉が少なくないが、十代から仏典に親しんできた赤冨士が大きな節目に「愛別」という言葉を用いたことは特別ではなかっただろう。「愛別離苦」は八苦の一つ、「会者定離」と対句で使われる。この重たい言葉と平仮名表記の「くろがね」がよく響き合う。「くろがね」とは鉄のこと、鉄の重みを以って来し方を譬えたとしたい。「了」の字は簡潔で潔い。黒鉄黐《くろがねもち》は秋から冬に小さな赤い実をたくさんつける常緑の中高木であるが、その樹木にも準えたい日々であったのだ。

昭和三十八年、勤続二十年の廿日市高校を去り、山陽女子短期大学に再就職する。「廻廊」主宰を退くことも胸中に兆していた。「じいちゃんは蓑虫になりたいよ」とでも口にしたか、幼い孫に聞き咎められたか、微笑ましい。春の遊び「青き踏む」を楽しむ日々が始まる。

日柱を襲ふ吹雪と舞鶴と　（昭和38年58歳）

雪片となりゆくたづを見てゐたり　〃

一句目。太陽の光が太い円筒形に見えることがある。あるいは宗教画だったかもしれない。吹雪と舞鶴を並列にし、悪天候とそれに喘ぐ鶴を見守る。

二句目。「ひとひらの雪」とすれば優美な鶴らしさが表現できる。だが、「セッペン」という促音、破裂音の素っ気なさや硬さを選び、生き物にとっての苛酷な環境を印象付けた。この日は吹雪に見舞われた。吹雪の中に鶴が消え、村人が消え、赤富士も呑まれていく。恐怖の雪が降りしきる。

二十回目の訪鶴であった。終日風雪の悪天候に冷えこみ、体調を崩すが、「君子不奪他人歓」と嘯き、同行者には平静を装った。

美の神の衞士羨《とも》しめばぬかに汗　（昭和39年59歳）
もろ手欠く女神に汗の手を見らる　〃
泉より匂ひ出でたる女神とも　〃
万緑や巴里とほく美を宰《つかさど》る　〃

門外不出のミロのビーナスが日本で公開され、記録的な入場者数となった。京都会場へ、同人連袖有志二十数と同道し、案内している。

一句目。この時ばかりは警護の番人になりたいと思う。間近に侍り、かしずき、時間も空間も共にできるのだから。片や、我が身は汗だく、人垣に阻まれ、人の渦に巻かれ、近寄ることも叶わない。

二句目。ミロのビーナスには両腕がなく、もしもあったならばと人々の妄想をかき立ててきた。自分に備わっている腕にはっとし、赤面した。欠落したもののむしろ完璧な美しさとその逆を思ったか。

三句目。エーゲ海の潮風ではなく、泉から湧き出る真水がよりふさわしいと感じたのは、その芸術観からだろう。

四句目。芸術の都パリの地を踏まなかったことへの後悔があっただろう。「ミロのヴィナス頌歌」の題で俳句七十句、短歌八十首を詠んでいる。ビーナスは画家としての原点、美校時代の自分が思い出されたかもしれない。

菊びよりオリンピックへ拗《す》ねはじむ　（昭和39年59歳）
秋雨やハードルの前十字切る　〃

秋《しゅう》霖《りん》に黒人覇《は》者《しゃ》の黒びかり　〃

一句目。「世界は一つ」の精神で第十八回オリンピック東京大会が開催された。その華やかさとは裏腹の「拗ね」に複雑な心理がある。戦後の日本は目覚ましい経済復興を遂げたが、広島の人間として、無惨な敗戦の記憶が頭をもたげないということはなかったのだ。

二句目。開会期間十五日間のうち七日間は雨が降った。「十字切る」に国際色が出ている。

三句目。裸足の英雄マラソンのアベベ選手は前回のローマに次いで東京でも金メダルを獲得した。一回目の優勝は無名故のまさか、二回目の優勝は不可能とされた連覇故のまさかであった。人々は熱狂した。アベベ選手の黒光りの肉体は強靱な精神力を思わせた。アベベは「走る哲学者」とたとえられたが、風貌や振舞は季語「秋霖」のイメージによく合う。

甘茶くむ善男の手は善大に　（昭和39年59歳）

この磐のよはひしづかに冬迎ふ　〃

一句目。還暦記念および「廻廊」創刊二十周年記念として、廿日市の名刹曹洞宗洞雲寺境内にこの句の碑が建立された。花祭らしく、どの言葉も平易で構えたところがない。仏を称えつつ、甘茶を汲む生身の人間を称えたよさがある。「善男」にちゃっかり自分も含めたような可笑しさや、「善男」から言葉遊びのように「善大」を重ねた機知がある。孫龍太はその随想「夜来山荘」で赤冨士の手は天狗の団扇のように大きかったと回想している。句の発想は、案外、自分の掌にあったかもしれない。善を積もうとする手であり、よく表現しようとする芸術家の手である。

二句目。句碑に使用した「磐」を詠んだ。悠久の磐を思い、一瞬の人間を思う。誌齢を思い、自分の齢を思う。すでに季節は冬へと進み、激動の人生も最終章に入った。「しづかに」は磐の描写であり、自らの心境であり、愛惜する今である。

雪んごは炭焼の子といふうたも　（昭和39年59歳）

雪んごを冷やかすもんぢやけ雪が降る　〃

綿帽子被《き》て雪んごは嫁入りか　〃
雪んごにお月さまから聟《むこ》が来る　〃

これらの句の前に、土地に伝わる童歌についての興味深い記述がほぼ一ページ余に亘って記されている。「昔は近隣もまれで朋輩も殆んどなく、孤独なこどもたちの独りあそびの智慧から、いきほひ自然を相手に、鳥たちや昆虫などをひやかしたりして仲間にする」との考察の後に、鶴、燕、目白、行々子、白鷺、時鳥、牡牛などを織り込んだ「ひやかしうた」を具体的に記録している。この地方の「雪ん子」は大綿あるいは綿虫のこととして次のように続ける。「〈雪ンゴ、ユキンゴ、御身《ワレ》の母《カカ》ア灰モグレ〉は妬み半分のひやかしうたでもあらうか。（中略）〈ええ格好してゐても、おら知つとるデ。お前さんのおつかあがまいにち炭竈で灰もぐれになつて炭焼しちよるちうこタアネ〉」。

この伝承歌を基に、学生時代から愛誦してきたルバイヤット形式で「雪ん子のうた・四連」として入集している。卑猥さや悪意などを削り、民話風、童謡風に仕立てた。

野仏と枯《かれ》をきそひてたづの墓　（昭和39年59歳）

望郷のまなざしに在りつゝが鶴　（昭和40年60歳）

ひとごゝろたづにも篤《あつ》し雪の墓　（昭和41年61歳）

たづ日記一羽を悼《いた》む去年今年《こぞことし》　〃

憑かれたような「鶴恋」であった。毎年毎年、大晦日に鶴の里八代を訪ねた。

一句目。「枯をきそひて」に一入の哀れがある。「競ふ」とは本来は力を張り合うことであるが、枯とは力が衰えること、命が尽きることに他ならない。虚しさを競い合うというのだ。枯は命のある万象に当てはまる真実であるが、この現実を目の当たりにすることも「鶴恋」である。鶴の命に思いを巡らしつつ、この世のもろもろが辿る果へと思索を深める。

二句目。病気や災難は異郷に取り残されることを意味する。群れから離れることは命を落とすことにつながる。鶴の目に湛えられている感情を「望郷」とし、その心を推し測る。芭蕉の「病雁の夜寒に落ちて旅寝哉」に通う切ない美しさがある。病雁に、恙鶴に、残酷なまでの美が宿る。

三、四句目。「雪の墓」「たづ日記」は鶴守や村人の慈しみそのものである。八代には村人たちが埋葬した鶴の墓がいくつかあり、最も古いのは江戸期の文政三年（一八二〇年）の塚。

はたとせの繁茂に癒《い》えず原爆忌　（昭和40年60歳）
不毛説賢《さか》しかりしが斯《か》く茂る　〃
炎天下不消《きえず》の香炉たらむとす　〃
眼にのこる阿鼻の俯仰も原爆忌　〃

原爆投下から二十年後の節目に角川書店「俳句年鑑」諸家作品として発表した句である。

高浜虚子は「俳句は極楽の文学」を主唱し、「原爆は俳句にはなりませぬ」と断じているが、例外として「廻廊」の増本美奈子の原爆作品十数句を「ホトトギス」誌上に再録している。「原爆は俳句にはなりませぬ」が骨身で分かっていたのは他ならぬ赤冨士自身である。俳句にならない原爆を赤冨士は短歌の形で原爆記録五十首「忌はしき虹」の題で短歌集『敝衣の鶴』に収めている。

立ちくらむ一閃《せん》ときをうつさずに玻璃戸《はりど》をやぶる不意の爆響
投石の波紋のごとく生れ消ゆるひろしまの上《へ》の虹のゆゝしさ
黒き襤褸《ぼろ》まとへるものらつゞきくるよるべなきらもかにかく歩く
さすらひのゆくへにちまたもえてゐてめしひしものらかさなりて果つ
ひろしまの地獄いま往く東京の焦熱地獄往きしその脚
受爆の眼吾にみひらきて愬《うった》うる土管のなかの学徒瀕中
半身の火傷はげしく糜爛せし藤田元吉に救出を約す
戦闘帽とればそこのみ髪のこり八林秀三禍津《まがつび》火に死す
のこぎりの屑《くづ》のこぼるゝ頭蓋骨固ければ人伐り挽《ひ》きつぐ

手のほねを切りとりしかば竹のほねを詰めて縫ひあげ棺に納めぬ

濵中は教え子、藤田元吉は竹馬の友にして心の友、八林秀三は赤冨士が俳号を秋雨と付けた親友である。これら固有名詞は赤冨士の慟哭である。俳句では表現できない短歌三十一音の力を見る。

最後の二首は被爆者収容病院となった勤務校廿日市工業学校での体験である。「死体解剖三体に立会ふ。普通教室の生徒机の上に杉の戸二枚、其の上に屍体」「かの杉の戸の怨念は後日の誰も知りはしない」と書いている。

筆者は、書き写しながら何度も手が止まり、生々しい描写に息を飲み、短歌の表現の巾、自在さ、リアリティを実感するばかりであった。赤冨士はこの現実を俳句を以って写生することはできなかった。感情を排除して事実を十七音に凝縮させるには限界があったのだ。それでも、「伝え残したきもの」として形式を短歌に託したのである。

被爆者収容病院となった赤冨士の勤務校の廿日市工業学校（後の廿日市高校）については、「ジョン・ハーシー来校。他日彼の名著〈ヒロシマ〉に当時の見聞をつまびらかに報ず。渺たる校名このとき全世界に知れわたる」と記録している。赤冨士ならば、ジョン・ハーシーの『ヒロシマ』のように、丸木位里・俊夫妻の「原爆の図」のように、生々しい体験や見聞を記録することはできただろう。だが、連日廃墟を這いずり回って五体で感じた恐怖、絶望、悲哀、混乱などのもろもろは短歌に託し、俳句を以って「広島の心の復興」に邁進していくことを選んだ。記録ではなく「復興」へと、赤冨士は二十年を歩んできたのであった。

運動会矜《きやう》持《じ》すくなき國旗あぐ　（昭和40年60歳）

運動会稲架の八重垣二十重《はたえ》垣　〃

旧字体の「國」の字が重い。日章旗は昭和の前期、中期、後期へと時代が進むにつれて意味も重みも異なっていった。日の丸が高らかに掲揚された昭和三十九年のオリンピック東京大会の余韻がまだ色濃い中で、しかも運動会で、「矜持すくなき」と正直に吐露したところに、癒えることのない戦争の傷を思う。敗戦を境に日の丸への人々の眼差しは複雑になった。被爆地広島に生き、被爆者手帳を持つ身であり、生徒の前に立つ教師である。運動会の参加者が姿勢を正してそれぞれの思いで日の丸を見つめる。かつては、「白地に赤く　日の丸染めて　ああうつくしい　日本の旗は」と歌ったのだが、もはや、無心には歌えない。

一方、豊年満作の喜びに囲まれた無疵の運動会を楽しむ。運動会は力の祭典、稲架までもが押し合いへし合い、応援団になったり、選手になったり、平和な村の一日を心から喜ぶ。

喝《かっ》采《さい》を落葉に千手観世音　（昭和40年60歳）

昭和二十一年に杉山赤富士が四十一歳で旗揚げした「廻廊」は、二十周年の大きな節目を迎えた。それを機に主宰を後進に譲る決意をする。「千手観世音」は「廻廊」の暗喩ではないだろうか。大空に向って無数の枝々を広げる様子を「廻廊」の姿に重ねる。夥しい数の落葉は「廻廊」に集う連衲であり、その一句一句であり、人を称え、作品を称える。

広島の廃墟に蒔いた一粒の種は、二十年の歳月をかけて、樹木へと成長し、これからもさらに伸び続けようとしている。蒔いたのは俳句の種、広く文芸の種であった。成長しつづける今の姿に惜しみない拍手を贈るのだが、育てた木々ではなく、自ら育った木々への「喝采」という思いがあっただろう。

熱砂《ねっさ》掘りあてしファラオの富ぞこれ　（昭和40年60歳）
没薬《もつやく》の王妃に冷えの俄かなる　〃
月寒くファラオの呪詛もなく帰る　〃
金無垢の吟杖《ぎんぢやう》欲しく冬野往く　〃

昭和四十年、日本の三都市で「ツタンカーメン展」が開かれた。今回は単身で博多会場に赴き、短歌百首、俳句三十句を残している。ツタンカーメンは古代エジプトのファラオとして、悲劇の少年王として、多数の副葬品がほぼ完全な形で発見された王として、名高い。

一句目。度肝を抜かれた様子、驚嘆の大きさが、破調、倒置法、特に「富ぞこれ」によく表現されている。

二句目。「没薬」は痛み止めや防腐剤に使用される。「冷えの俄かなる」は王妃の絡む暗殺説を思わせたためか。黄金の椅子に描かれた王と王妃は仲睦まじく見えるが、そこに歴史の闇を覗いたか。

三句目。王家の墳墓を発掘する者には呪いがかかるという。もしやと思う。たっぷりと堪能したことを罪と感じた。展覧会へのこれ以上の称讃はない。

四句目。いつまでも黄金の世界を彷徨う。興奮は覚めやらない。

葦《あし》田《た》鶴《づ》の留《りう》別《べつ》の聲はるかなり　（昭和41年61歳）
留別の鶴唳とほくしぐるゝ野　〃
葦田鶴の連《れん》袂《べい》の辞《じ》意《い》止《や》み難し　〃
反骨の髭《ひげ》に櫛《くし》せずたづ野守　〃
田鶴引くと東風に研《と》がるゝ水鏡　〃

恒例になっていた年末年始の山口県八代の訪鶴に加え、二月には鹿児島県出水市を訪ねている。「廻廊」二十周年を機に編輯からの引退を決め、記念号への特別作品は

「引鶴」をテーマに「帰去来（かへりなんいざ）」を予定していた。そのため一人旅を計画したが同行は十四名に膨らんでいた。この年の飛来数は一五七三羽、既に引鶴は百羽余り、時雨荒天であったが、千羽鶴がねぐらに帰る夕景を目の当たりにし、戦後通算二十四回目の訪鶴にして、「多年の鶴恋の満願をはたした」と振り返り、「留別の鶴」五十句、短歌百首を残している。

「葦田鶴」という雅な言葉を用いる一方で「留別」「鶴唳」「連袂」など硬質な漢語を用いている。四句目の「反骨」や「野守」は自己を投影したものか。五句目の清冽な水辺は、鶴すなわち自分が去った後の「廻廊」の姿としたものと思われる。

ひたぶるにはたとせのはるすぎけらし　（昭和41年61歳）

はたとせの温顔よもにはな名残　〃

懐古なほ早し餘生の柿接木《つぎき》　〃

昭和四十一年、「廻廊」創刊二十周年特集号（四月号）の編集を最後に主宰を辞任した。娘八染藍子が四代目主宰を継承するのはまだ先、平成七年を待たなければならない。

リーチ展我孫子《あびこ》は遠き木枯しを
美を語る民藝館の炉の主と　　〃
（昭和41年61歳）

昭和六年に柳宗悦の民藝運動の機関誌「工藝」が創刊された。二十代半ばだった赤冨士は初号から月極読者となり、深く傾倒していった。第五号「工藝」に掲載された「柚師窯元の尾野敏郎作、緑釉番茶器」は、同好の親友村上勝三より結婚祝いに贈られた逸品、生涯座右に置いていた。昭和五年には倉敷の大原美術館が開館したが、それ以前の倉敷小学校でコレクションされていた頃から、東京からの帰省の途次にしばしば立ち寄っている。昭和二十三年、倉敷に民藝館が開館した。初代館長の外村吉之介は民藝運動家、染織家、外村が倉敷に引っ越してきたその日から付き合いが始まっている。

大原美術館での「バーナード・リーチ代表作展」を見て、民藝のメッカ「我孫子」をはるかに思い、「リーチ斯く成せり、われなにをかなす」という思いに捉われる。

外村民藝館長邸での歓談は「美を語る」ことに尽きた。

春深しこの埋《まい》蔵《ざう》のふかき谿《たに》　（昭和42年62歳）

「廻廊」主宰を辞した後に大きな愉しみがあった。二十数年来の古代史、地誌等に関する研究に専念する時間を得たのだ。広島県内には古国府、国分二寺、古代山陽道の駅家跡、条里制の遺構などが残っている。「春深し」「ふかき谿」は、埋もれていた歳月の厚みや埋蔵物の豊饒さを思わせ、言葉の繰り返しは感動の深さを表す。指示語「この」は、探しあぐね、やっと、探し当てた、との思いが籠っている。

この句の二年後に調査は古国府と条里遺構の検出に成功している。それらを基にして、「天平の鈴音　熊凝《くまごり》の魂呼ぶ山《かげ》陽《とも》の道の天険を往く――萬葉陸路十首考――」と題した論考の準備が整えられていった。

くさもみぢ昔《せき》日《じつ》の國《こ》府《ふ》いまは字《あざ》　（昭和42年62歳）

とまれ小《せう》異《い》このおちぼ田も郡《ぐう》家《け》址《あと》　〃

「万葉巻五、大伴君熊凝の岩斎を発見」として七句を詠んでいる。大伴君熊凝《くまごり》は天平時代の肥後の人、十八歳で国司の従人として奈良へと向かう道中、安芸国佐伯郡（現廿日市市）の高庭の宿駅で病没した。大宰府の役人であった麻田陽春はその死を悼んで熊凝になり代わり二首を詠んだ。それに和す形で、筑前守であった山上憶良が臨終の熊凝の心で長歌一首短歌五首を詠んだ。それらが『万葉集』巻五に入集している。一首一首に「貧窮問答歌」で知られる社会派歌人憶良の優しさや人間らしさが滲んでいる。熊凝の悲話は赤冨士の住む廿日市を舞台としている。赤冨士の共感は一入だっただろう、古代山陽道の駅家跡等の研究にますます没頭していったことが頷ける。赤冨士を感動させた『万葉集』巻五の憶良の六首中の長歌を除く五首を引く。

たらちしの母が目見ずて欝《おほほ》しく何方《いづち》向《む》きてか吾《あ》が別るらむ　（八八七）
常知らぬ道の長路《ながて》をくれくれと如何《いか》にか行かむ糧米《かりて》は無しに　（八八八）
家に在りて母がとり見ば慰むる心はあらまし死なば死ぬとも　（八八九）
出《い》でて行きし日を数へつつ今日《けふ》今日《けふ》と吾《あ》を待たすらむ父母らはも　（八九〇）
一世《ひとよ》には二遍《ふたたび》見えぬ父母を置きてや長く吾《あ》が別れなむ　（八九一）

歌人斎藤茂吉はその著『万葉秀歌』に、八八八の歌について「想像で作っても、死して黄泉へ行く現身《げんしん》の姿のようにして詠んでいるのがまことに利いて居る。糧米も持たずに歩くと云ったのも、後代の吾等の心を強く打つものである。」と評し、「憶良の作ったこのあたりの歌の中で、私は此一首を好んでいる。」と記している。この一文もまた赤冨士を感動させたことだろう。

薫風やねぶつも難き失語症　（昭和43年63歳）
いかづちを法《のり》のこゑとし穢《ゑ》土浄土　〃
肉身の生ける屍《かばね》に氷菓の匙《さじ》　〃

赤冨士には五歳違い、七歳違いの二人の妹がいた。次妹乙は三十四歳で被爆し、五十七歳で原爆症脳腫瘍で死去している。その看取りの日々に詠んだ句である。「失語症」「生ける屍」が症状や苦しみの一端を思わせる。念仏を唱えることはもはや叶わず、わずかに筆談によって意思を問うと、歎異抄の講義を求めた。兄赤冨士は枕頭で講じようとするが、再読三読するばかり。講義は容易いことだが、衰弱していく妹にただただ誦すのみ。原爆投下直後に目撃した無数の死、二十余年を経ての後遺症による肉親はじめ周辺の死は、どれも、大きな打撃だった。自分自身も被爆者手帳を持つ身であり、肉体の不調を感じ始めていた。妹に、兄に、苛酷な時間が流れた。

観月のたかにはうまやこゝろざす　（昭和43年63歳）
大綿のあそぶ古墳に皇子《みこ》ねむる　〃
郎女《いらつめ》も尼も摘みけむ芹《せり》とこそ　（昭和44年64歳）
天平の國分二寺址も麥を踏む　〃
讀初の記紀さかのぼりさかのぼる　〃

「安藝國高庭古國府（万葉第五巻高庭駅家《たかにわうまや》）並びに第一次佐伯郡家を中心とする沿道条里遺構（中略）の検出に成功」の朗報により、長年の研究対象の万葉陸路山陽道の謎、上代奈良筑紫官道に関する仮説の根拠が得られた。現地調査を見守ったり、近くで観月句会を開いたり、幻の遺構に立つことの多い日々であった。

一句目の「たかにはうまや」は山上憶良の歌に関する遺構である。駅家《うまや》とは旅にまつわる感動的なドラマが生れるところでもあった。二、三句目の「皇子」や「郎女」や「尼」をまるで隣人のように親しく感じ、「大綿」や「芹」など季節の風物に重ね、はるかないにしえを今に引き寄せている。四句目の「麦を踏む」は今もつづく素朴な農作業として長い時の流れをつなぐ働きをしている。五句目の「さかのぼりさかのぼる」のリフレーンから、古代史の奥へ、さらにその深みへ、際限なく惹かれていく様子、愉しさ、好奇心が伝わってくる。

少年の日よ陽炎《かげろふ》のゆたかなる　（昭和44年64歳）

「少年の日よ」と呼びかけ、詠嘆し、過ぎ去った日々を懐かしむ。昔々の想い出の風景が確かにそこに在る。だが、立ち上る陽炎に阻まれ、ゆらゆらと歪み、あの頃のままにはくっきりとは立ち現れて来ない。あたかも悪戯をするかのように、陽炎が時を隔てる。「少年の日」は自らの懐かしい日々であり、目の前の少年たちの過ぎゆく今現在である。ふと、我に返り、今現在の少年へのエールに切り替える。エネルギーに満ち満ちている陽炎を「ゆたかなる」として称える。春の日差しを浴びて盛んに立ち上る陽炎は、幻ではあるのだが、そのほとばしるエネルギーが少年たちの未来をしっかりと応援していると感じ、また、強く、そう願う。

赤冨士、園繪、龍太の母校である廿日市町立宮内小学校（現市立宮内小学校）の開校百年記念行事の一つとして校庭にこの句の碑が建立され、校歌と学園歌の作詞も委嘱された。今も歌い継がれている。校歌の歌詞を引用する。いかにもいかにも赤冨士らしい四季の歌である。

一　雪つもる　野貝高原
いにしえは　いかにかありし
ふるさとの　山のいのちよ
春を待つ　こころのごとく
われらいま　ふかき光を
たずねつつ　まことときわめん

二　藤たるる　津和野ふる道
いにしえは　いかにかありし

ふるさとの　道のいのちよ
つづりあう　かずらのごとく
われらいま　築く月日を
たずさえて　ともに歩まん

三　青田しく　御手洗川辺
いにしえは　いかにかありし
ふるさとの　水のいのちよ
みなもとの　きおえるごとく
われらいま　強きこころを
つらぬきて　海にそそがん

四　鳥わたる　砦やまなみ
いにしえは　いかにかありし
ふるさとの　空のいのちよ
いわし雲　つらなるごとく

われらいま　とわの羽音を
もとめつつ　あすを迎えん

貨車の荷の連翹咲いてゐしはよし　（昭和44年64歳）

連翹と犬と孫がやってきた。園繪が戻って来た。そして、杉山姓を名乗ることになった。引越の荷物に交っていた連翹が待ち切れずに咲き出していた。鮮やかな黄色である。爛漫の春、赤富士待望の悲願の一事であった。

長女紫の生れ変りのように誕生した園繪を「嗣子園繪」として掌中の珠のように愛しんできた。父と同じ画家を目指して女子美術大学に進み、総代で卒業し、展覧会の入選も果たした。卒業と同時に、双方の親の臨席なく、武蔵野（埼玉県本庄市）出身の橋本日出男と二人だけの結婚式を挙げ、橋本姓を名乗った。十年後、「橋本日出男一家三名、杉山本家を継ぐべく、決意して東京を引揚げ帰住」という一大事が起こった。日出男の母は旧家の豪農を守り、女手一つで男児三人を育てた。赤富士は杉山姓を名乗らせたく、橋本家はそれを長らく潔しとしなかった。孫龍太誕生の際に「譲歩又譲歩」と記していたが、その後日談である。婚家への園繪の献身はもちろん、孫龍太の健やかな成長は杉山、橋本両家の和解をもたらしたと想像する。

晩年の姑は毎年のようにはるばる杉山一家を広島に訪ね、長逗留し、園繪を喜ばせた。

凍土《いてつち》に帰す老妻の竹槍も　（昭和44年64歳）
遺児といふ僧も鳳眼原爆忌　〃
ざくろ熟れそめて満身創痍無し　〃

句集『ひろしま』（広島俳句協会編）の編集委員会よりの依頼で「特別被爆手帳広四四第二七八六二号其の後」として詠んだ七句中の三句である。

一句目。戦時中を回想する。「帰す」には意図した結果には至らず負の状態に落ち着くというニュアンスがあるが、「凍土に帰す」に無力感があり、「老妻」に憐憫の情が籠る。妻の徳子は、戦時下には竹槍を取って健気に時局に従った。その愛妻への愛惜、および、凍土とは焦土、さらには七十年間は一切の生物は棲息不可能という「不毛説」に止めを刺された郷土広島への痛恨を籠めている。

二句目。「鳳眼」は人相学で鳳凰の目のように眦の深い人相をいい、貴相とされる。戦争孤児の多くに苛酷なその後があった。

三句目。置物にしたいような石榴だが、真赤に熟し、爆ぜ、果肉が露になると、どうしても、被爆者の無惨な最期に重なってくる。誰も創痍のない肉体だったのだ。美しい石榴に疵だらけの石榴が重なっていく。

蚊遣して上木の遺珠校に在り　（昭和44年64歳）
かの日までつひの兄事や垂白忌　〃
わが手澤かさねし一書垂白忌　〃

竹馬の友にして俳友の藤田元吉こと俳号藤垂白の原爆死二十五回忌に際し、遺稿集出版のための資料提供、校正などを手伝った。あの日、防空壕に呻いているのを発見し、家族に告げに人を遣り、翌朝リヤカーで救出したが、十日間を苦しみ抜いて命果てた。学徒動員の生徒を救援しなければならなかった赤冨士は付き添うことは叶わず、慚愧の念はいつまでも消えない。歌集には「半身の火傷はげしく糜爛せし藤田元吉に救出を約す」を収めている。竹馬の友ならぬ竹槍の友と戯けているが垂白とは、空襲警報の中でも音楽を聴き、文学を語り、句会を共にする無二の友であった。生前は広島文藝家協会理事長、市立浅野図書館長、中国新聞社文化局長、広島女専教授などパワフルに社会的な活動をしていた。

生涯の師と仰ぐ皆吉爽雨に正式に引見し、入門を許されたのは垂白の口添えによった。その時のことを赤冨士は句集の自序で次のように記している。垂白を物語るエピソードとして引用する。

――当時の垂白は、遅参の申訳に折詰を先生の前において、「やあ爽雨さん、宴会があつたんでネ。失敬しました。これ、帰りの汽車の中で召上がれ」とかなんとかいひながら、先生の隣へ胡座をかいて坐つた。此奴対等に口をききをる、とおもつたのを今でもおぼえてゐる。

三句目についての赤冨士の註を引用する。

——〈どうせみんな灰燼に帰するものだから、車力を引いて書斎の蔵書を取りにこい〉とぼくにつねづね言ってくれたが、手沢の歳時記を一冊だけもらふことにした。見返しに〈道問へば僧も旅人奈良の秋　垂白　杉山赤富士大兄〉、と書いて呉れた。

また、赤松蕙子は句集『園絵』の解説に次のように書いている。

——若い頃、関東大震災に遭遇した巨体が再び広島の原爆に遭い、動員生徒と共に焦土を這い廻る。この時、大事な句友・藤垂白を失う。（中略）もし藤垂白が生存していたら広島俳壇はもっと目覚ましく、赤富士さんを中心にメッカ四国松山に劣らぬ広島俳句デルタくらい出現させていただろう、と幻影を追うこともある。原爆の空の虹の夢である。

冷蔵庫あけて莞爾と孫のあり　（昭和44年64歳）
手花火やわがまごひとのまごの痍《きず》　〃
暴君の家居に厭きて蚊火焚くや　〃

猪《ちょ》口《こ》才《ざい》なまごは古《こ》墳《ふん》に山眠る　〃

一般に孫俳句は歓迎されない。しかし、一句目は好物を見つけた孫の表情をおよそ似つかわしくない漢語一語で描き、そこが大袈裟、かつユーモラスである。二句目は対象を「ひとのまご」にも広げ、「わがまご」一人から離れた。三、四句目は「暴君」「猪口才」が手を焼く大人の共感を呼ぶ。溺愛は落し穴、客体化する節度を以って、いわゆる孫俳句から抜け得た。

この孫こと杉山龍太の随想「夜来山荘」に次のようなエピソードがある。民藝運動に共鳴していた赤富士は古民家から巨大な蒲団簞笥を買い込んで、家族には邪魔にされたが、孫には恰好の遊び場となった。「悪戯盛りの私には一種の秘密基地のように思えて、連日簞笥の中に探検と称して潜んでおりました。この探検ごっこは意外にも祖父の覚えがよく、『民藝に親しんでおる』とかなり頓珍漢な観点から褒めてくれました。」愉快な話である。

燗《かん》熱く上《じやう》梓《し》かにかく點《てん》睛《せい》か　（昭和44年64歳）

炭《すみ》木《ぎ》樵《こ》る五百の森の幹の数　〃
炭竈《がま》の烈《れつ》火《くわ》たくはへゐるひゞき　〃
埋《うづみ》火《び》や内《ない》助《じょ》は孜《し》々《ゝ》とひそむもの　〃

句集の自序から引用する。

――「廻廊」発刊の主旨に賛同して苦楽を共にしてくれた同志は、通算千五百余名。その三分の一にあたる五百八十六名の五千八百六十句を再選の上、「廻廊」戦後二十年報告書のつもりの俳句アンソロジーとして出版し、集名は宝暦竿秋の故智にならって『五百の森』とした。鋭意創刊を決意したぼくの社会的責任を、この一集にはたし得た筈もないけれど。

一句目。仕上げに漕ぎつけた高揚感を詠んだ。

二句目。「炭木樵る」と「森」「幹」は和歌では技巧上の縁語、俳句では即き過ぎではあるが、「森」すなわち木々の集合体のような「廻廊」の豊かさを思わせる。「炭木樵る」は作品を完成させる過程、「森」は集団、「幹」は一人一人とその作品の比喩である。

三句目。炭焼きの工程を合同句集を編む手順に準えつつ、作品そのものが誕生するための火のような力を詠んだ。「炭竈の烈火」に編纂作業の心意気でもあり、「たくはへゐるひゞき」に手応えや期待を表した。

四句目。「埋火」は掻き起せば火力となる。傍らに埋火のような支えがあった。会員の吉川梅女はその一人、上梓の四年後に急逝している。

原爆で打ちのめされた広島の精神的復興を俳句の力で目指すという「廻廊」創刊の主旨は、『五百の森』の上梓を以って形をなした。

鍋鶴の敝衣《へい》に霰降ることよ　（昭和45年65歳）

鍋鶴の名前は鍋の底についた煤からの連想だといわれる。気の毒な命名だが、追い打ちをかけるように「敝衣」、すなわちぼろぼろとまで形容し、さらに、霰の礫を見舞う。短歌集の題は「敝衣の鶴」としているが、襤褸着の鍋鶴に何を見ていたのだろうか。鶴は画家として、俳人として、赤富士の目と心が選んだ美の象徴である。

一方、赤冨士の人生に重ねると、広島の被爆者の暗喩と取れる。故に、傷ついて、永らえて、この田野に集う敝衣の鶴への愛惜は殊のほか深い。また、「からすきてたづ野の食をついばめる」の句もある通り、傍らの鴉への情も劣らずに深い。美しいものへの憧れは大きく、平凡なものへの情愛も限りなく深い。句集名は「鶴恋」と決めていたものを土壇場で「権兵衛と黒い眷族」に変更したのは、後者へ、比重が傾いたからだろう。

角川書店「俳句年鑑」掲載の諸家作品五句中の一句である。

新居先づ盆《ぼん》事《じ》無《む》常《じやう》をあるじとす　（昭和46年66歳）

生家と別れ、廿日市市の山の中腹の広大な敷地に移転する。「先づ」優先したのは、一族の墓を一基に合祀し、新居の門の内側に移すことであった。墓石に「盆の月亡びも生きも美しく」の句を刻み、一見、句碑に見え、墓石と気づかれることはあまりない。二つのアトリエ、吹抜け十六畳の赤冨士文庫、鈴木三重吉の長篇小説に因んで「小鳥の巣」と名付けた絵画塾、宮島を望む書斎、良寛堂、句会用のスペースなどを設け、翌年には園繪のための藍染工房「夕座屋」を増築する。門には「夜来山荘　麒麟児送迎門」と刻んだ。すると、ある訪問者が「ここはお相撲の麒麟児さんのお住いですか」と尋ねたという。

画家、俳人、民藝運動家、古代史研究家としての人生の全てを凝縮すべく創り上げた「夜来山荘」は、表現者赤冨士の最終作品であった。

盆の月亡《ほろ》びも生《い》きも美しく　（昭和46年66歳）

日本人は古くから滅びゆくものに美を見出してきた。滅びゆく大和、滅びゆく平家など、繁栄を極めたものに兆す凋落は心を惹く。それは日本の風土が培ってきた美意識である。一方で赤冨士は西欧の文学にも多く触れ、青年期にゲーテの「亡びゆくもののみを美となしぬ」を愛誦していた。この句は、東西の文化を踏まえつつ、「亡び」とは真逆の「生」に「亡び」にも劣らない美を認め、「生」を同等に積極的に肯定している。そこが、赤冨士らしい新しい思想である。

「盆の月」は夏とも秋ともつかない頃の月である。終戦記念日に近く、原爆を思い、亡き人々を偲ぶ。現世の今の生を肯定することは被爆死した無数の命同様に生き残った自分はじめ無数の命を称えることになる。

紅《びん》型《がた》に芭《ば》蕉《せう》布《ふ》に南《は》風《え》蘇《よみがへ》る　（昭和47年67歳）

まぼろしの虹紅《びん》型《がた》の工《こう》房《ばう》も　〃

一句目。沖縄本土復帰元年の祝意として詠んだ。沖縄の染物「紅型」と伝統の織物「芭蕉布」の二つを挙げ、地域性の濃い漁師言葉の「南風」を季語とし、本土復帰を表すぴたりの動詞「蘇る」で祝福した。挨拶性に優れている。那覇へ帰省する友人より依頼されて宮島大杓《おおしゃ》文字《もじ》にこの句を揮毫し、その返礼に紅型の人形が届く。当時、娘園繪は紅型の染色家として活躍しており、柳宗悦の民藝運動への共感は赤富士、園繪、龍太三代に及び、既に沖縄の美は一家の日常に深く溶け込んでいた。

二句目。園繪のための紅型工房の建築が始まり、厳島神社に因んで「夕座屋」と名付けた。ただし、厳島神社にはこの名の社殿は存在していない。工房の入口には寺社建築の蟇股が嵌め込まれ、読経の場という意図も秘めていた。

甚《じん》平《べ》着て庵《あん》主《じゅ》天上大風氏

（昭和47年67歳）

「こんな駄句、まへがきが無ければ通ぜず」と本人が認める通りだが、赤富士の人となりを伝えるエピソードとして取り上げる。土地や家は先祖から受け継いだものという意識が人一倍だった。「釘一本も父祖に負ふもの、わが才覚にもあらざりければ、おのが表札はかゝげず」として、新築の山荘には「天上大風《てんじやうたいふう》」と書いて掲げた。すると、新版佐伯郡戸別案内地図帳に「天上大風《あまがみおほかぜ》」氏の住居として記載された。廿日市郵便局からは叱られ、「ぎっくり、しゃっくりのなほりたるこゝちぞすれ」と恐縮し、家族五名の氏名を大書したのであった。謙虚さが仇になったというか、大いなる風流というか、遊び心というべきか。

「天上大風」は良寛が子どもにせがまれて凧に書いて与えたという逸話で広く知られている。四文字の魅力故か、良寛の晩年の素朴な書風への共感か、その生き方への共鳴であったか。

すゞむしを飼ふ山荘の蟲の中 （昭和47年67歳）

「廻廊」の編集部を兼ねる新居は山の中腹にあり、赤冨士が師と仰いだ皆吉爽雨が旧居に名付けた「夜来軒」を受け、「夜来山荘」と命名した。「夜来軒」は、創刊一周年記念式典で来広した爽雨一行が正月の深夜に到着したことに因んだ屋号であった。爽雨は当夜のことを「宮島に廻廊大会が堂々とひらかれて、四十六歳の私は両誌創刊のよろこびを負うて出席、その夜は赤冨士居に一夜の夢を結んだ。私の特選の短冊を手にして、同居を夜来軒と即座に名づけた私をよろこばそうとして座中を踊り歩いた時の君の雀躍ぶり」（「廻廊」赤冨士追悼号）と回想している。喜びの表現も特大かつ滑稽。

山荘では孫の龍太が虫を飼い、山荘はさながら一つの虫籠であり、その虫籠をさらに大きな虫の闇がすっぽりと覆った。一家五人三代が同居する巡り合せに、しみじみと喜びを感じただろう。自註を引用する。

――わが家の少年、かぶとむしのつがひを飼ふ。かねてより鈴木三重吉の古事記物語（少年用）をあたへおきしかば、よみたりけむ。「カブト身ノ遠キタリビメ」「カブト身ノツノタケルノミコ」と名付けたる由。古代史に首を突つこみつぱなしの爺つつさまの影響か。門前の小僧なるべし。別の虫籠には鈴虫をる。

わが餘命《よめい》主治醫にあづけ寝正月　（昭和48年68歳）
御正忌来三途《さんづ》の川といふ部屋に　〃
折鶴のまどうつ霰見つゝ病む　〃
春立つと産科がもらす双児《ふたご》の呱々　〃

昭和四十八年一月、胃潰瘍手術のため入院し、胃の四分の三を摘出する。一句目。大らかな季語に救われるが、初鴉の飛び去るのを見ては「はつがらす過ぐ死神も疾く過ぎよ」と詠む。

二句目。一一五号室から一〇三号室へ、さらに二〇三号室へと病室を移動する。三のつく一〇三号室は一階の三途の川、二〇三号室は内科の三途の川と噂されていた。「御正忌」は親鸞の忌日法要をいう。その忌日を縁起のよろしくない部屋で迎え、恐怖半分、諧謔半分、どちらも正直な気持である。

三句目。折鶴は快復への祈り。家族や知人の真心の折鶴を窓ガラス越しに霰が打つ。窓はあたかも生と死の境、その境をさまよう。

四句目。病院には死もあれば生もある。御正忌の夜、隣室の同病者が臨終を迎えた。数日を経て、産科の病棟から産声が響き渡った。一月余の入院中に冬から春へ、自然界は巡り、命のドラマが繰り広げられた。

こがらしにさきだつおとの一葉かな　（昭和48年68歳）
めざめては露《つゆ》の世とこそおもふなる　〃
ぐちにつけねぶつにつけて長き夜々　〃
長き夜のこの筆まめのみな遺筆《ゐひつ》　〃

赤富士は二月中旬には退院し、仕事に復帰していた。

「廻廊」会員の吉川梅女が急死した。死の二日前には、栗蒸羊羹を作って赤富士の誕生日を祝ってくれていた。梅女は三百ページに及ぶ合同句集『五百の森』の筆労、六百四十ページもの赤冨士稿本全句集の整理筆耕に携わっていた。赤冨士は、自註に、「青天の霹靂、昨日は元気にて談笑せしが無常迅速生死事大」と記し、梅女の最後に詠んだ句「美しく老いたくおもふ梅紅葉」を書き留めている。

一句目の「さきだつ」は順縁には言わない。思いもよらない死。「一葉」の衝撃。二句目の知識としてはある「露の世」だが、赤冨士にして実感し難い言葉だったのだ。「露」はものの喩えではなかった。強意の「こそ」がその思いをよく表す。「長き夜」は歎きの長さにつながる。せん方なく悲嘆にくれる辛い夜がつづく。

木枯の高鳴るはよし古来稀　（昭和49年69歳）
今ぞわが葬烟も斯く山眠れ　〃

一句目。死は、じわりと赤冨士にも忍び寄っていた。古稀を迎えたこの年は、肝血管腫症に胆嚢炎と膵臓炎を併発し、二度目の入院をしている。「夜来山荘」は五十人ほどは優に収容する広さがあり、日頃から人の出入りが多い。十一月十二日、古稀の祝宴が開かれ、夜遅くまで賑わった。木枯を自然界からの祝福と捉えている。

二句目。戦時中には補充兵の心得として、「眠る山に吾を焼くけぶり立つなどよし」という辞世の句を奉公袋に入れて携帯していたが、その三十年前の覚悟の一句と響き合う。戦死と自然死とは違うはずだが、戦時中に「よし」とした死を七十まで生きて来た今、「今」に強意の「ぞ」をつけて強く肯定している。それは、真摯に生きてきた戦後の歳月を心から肯定することに他ならない。

賀状書く折々ねぶつもらしつゝ　（昭和49年69歳）

いよいよ赤富士の一代記も終りに近づいた。「賀状」と「ねぶつ」とでは言葉の質感が大きく異なり、その落差にはっとする。老いたと思うのではなく、病んだと思うのでもなく、惚けたと思うのでもない。人間というものの神々しいばかりの完成形を見る思いがする。

「賀状書く」には新しい年に寄せる明るさや楽しさがある。それに比べて無意識に念仏を漏らす心身の状態は、生身の人間というよりは神仏に近い。十六歳で「亀鳴くや宮殿のうちに五百歳」と詠んだ頃からすでに神仏への好奇心や経典への探究心があり、生涯を通していつも持ちつづけていた。敬虔な浄土宗門徒であった赤冨士の口から念仏が零れるとは、日常の延長には違いないが、そうはいうものの、心身の衰弱は否めない。

枯木立木々は立位《りつゐ》のまゝ朽《く》つる　（昭和50年70歳）
春を待つこゝろ辞世《じせい》も成《な》さずして　〃

病室から見える枯木立はさながら禅僧の立亡、坐亡を思わせて神々しい。深く生きた証の自然死として畏敬の念を抱いたのだ。片や、「はなはだ勘がにぶいため、さっぱり死の予感などなし。否とよ勘が冴えをるためやもしれず。何をかいふ。ばか奴が。」と書いたり、主治医との軽妙な遣り取りで周囲を爆笑させては元気ぶりを見せていた。二句目は「せいぜい辞世の句を作っておいて下さいよ」という主治医に応えた句である。回復への希望を失ってはいない。

七十歳の一月、胆嚢炎、膵臓炎、前立腺肥大、膀胱尿道炎の病名で三度目の入院、手術をする。被爆健康管理手当申請用診断書の病名「癌」について、遺品の日記には、

「病名クレエプス（癌）ノコトハ胸中フカクオサメオクベシ、妻子眷族友人ニモ語ルベキコトナラズ」と朱筆されていた。同病の患者が一人また一人と死んでいった。長時間の手術に耐え、激痛に耐え、一月で体重十キロ減の後、再手術で胆嚢切除。四月、一旦は退院した。「滅罪の釘」「拷問」を詠み込んだ句もあり、「痛テテ」「金輪際つるしあげはごめんなすつて」などと書きつけている。

日記買ふ古日記には舌《べろ》を出し　（昭和50年70歳）

句集『権兵衛と黒い眷族』の最後に置かれた句である。明日への一歩を踏み出す希望が「日記買ふ」であるが、古日記には舌を出すとは、まるで悪戯っ子、照れというべきか。病気に明け暮れた一年にさらばということか。大真面目で滑稽、そこが、赤冨士、多くの隣人を惹きつける。

昭和五十一年二月、七十歳の赤冨士は約七千句の自筆による浄書を終えた。「無辜の市民大量被爆死の業火を中心とする『昭和の五十年』のレクイエム」として句集名「権兵衛と黒い眷属」に「その黒い喪服を脱げ。（中略）山鳥のしだり尾の長々しき戦後が終るためにも」という願いを籠めた。同年五月『杉山赤富士著作集全五巻』の第一巻として刊行。同年十一月に第二巻の歌集『敝衣の鶴』を刊行。息つく間もなく第三巻『萬葉山陽道十首考』（萬葉研究論攷）、第四巻『俳論・俳話』（ＮＨＫラジオ俳句選評）、第五巻『中村物語』（鈴木三重吉研究）の刊行へと邁進するのだが、遺された時間はなく、三巻以降は未刊に終っている。

句集出版祝賀会は「夜来山荘」の夕座屋工房で盛大に行われ、中国新聞、朝日新聞の文化欄で大きく取り上げられた。

句集以後の作品を見る。

見おくるもうしろ姿の鳥曇

（昭和52年72歳「廻廊」赤富士追悼号より）

「鳥曇」は越冬した渡り鳥が北へ帰っていく頃の曇りがちの空をいう。見上げる空を一群の鳥が過ぎる。無事にと念じ、再会を期す。だが、果たして、と思う。季節の一つ一つがこれで見納めかもしれない。遠からず、自分も後ろ姿を見送られながら彼方へと旅立つ。そう覚悟しただろう。ライフワークの万葉集研究の本は七十三歳の誕生日を刊行日と決めて準備を進めていた。懇意の民藝店「射手座」での初の書展は案内状もできていた。未完のさまざまに心を砕きながら、迫り来る死への覚悟を迫られていく。

昭和四十六年一月を最後に年末年始は鶴の里八代で過ごすという慣例が途絶え、「満天の星の数ほど」参詣した厳島神社への初詣もなく、この新春は裏山からの弥山遥拝も叶わなかった。

晴々と表門ある裸かな

（昭和52年72歳「廻廊」赤冨士追悼号より）

六十九歳で第一回目の入院手術をして以来、毎年のように繰返し、昭和五十二年には胃癌の再発により五度目の入院、末期の癌性腹膜炎と診断され、人工肛門の手術を決断する。日記には「糞ヅマリ、ソノママオ陀仏カラ逃レルニハ、臍ノ下ヲ三寸位切開シテ人工肛門ヲ作ラネバナラヌ。最低ニイヤデアル。シカシ病巣部ノ治癒シタ後ニ再手術シテ、本来ノ肛門ニ戻スコトモ可能トキイテ安堵スル。」とある。納得のいかないことは主治医にとことん食い下がるが、当意即妙の返答にはぐらかされ、さすがの大兵も形無し、珍問答は病室に笑いを巻き起こしていた。手術前日には、使用する器具に「上等の舶来をお願いします」と注文し、「部品が一つ足りないといっては外国まで注文するのでは間拍子に合わない」と叱られる。「口は悪いけれど、心底慈悲な名醫なりけり。」と真に信頼を寄せている。

この一句を残して手術室に入った。「表門」には意表を衝かれる。戸惑い、首を傾げ、やがて、笑わせられ、だが、後からじわりと泣けてくる。裏門としての人工肛門を潜めた詠である。「表門ある裸」とは、父母から貰った全うな五体のこと、その健全な五体への訣別である。「晴々と」は七十年来のわが肉体への讃歌である。

ひとまず退院するが憔悴甚だしく、一か月足らずで再入院、激痛、高熱、嘔吐、幻覚、不眠に苛まれ、本人の日記、園繪の病床記、介護人の回想記には、正視し難い苦闘がつづられている。園繪の病床記には、「もはや奇蹟という頼みの綱さえ切れてしまった。」「只精いっぱいその日その日を看護に没頭しようと心に決める。」とある。

赤富士の日記の最後は九月十五日、「老人ノ日。外泊不許可ノトコロ身辺ノ整理ノ為トテ無理ニ帰宅サセテモラウ。下痢ハゲシク着替数回。彫刻家林健先生来訪。」である。病院に戻る赤富士を妻徳子が見送る。元々病弱の上、心労で弱り切っていた徳子は病院に見舞うことをあきらめ、赤富士も承知、これが夫婦の永遠の別れとなった。

古暦わが終焉を迎ふるや

（昭和52年72歳「廻廊」赤富士追悼号より）

十月二十五日、娘園繪が枕元で書き取った生涯最後の句である。激しい腹痛、高熱、幻覚、不眠に苛まれていた。もはや、わずかな疑いも、希望も、一切とどめてはおらず、深い詠嘆の響きがある。

面会謝絶の札が掛かっていたが、「廻廊」連袖会の面々が堰を切ったように入れ替り立ち替り病室を訪れ、腕を揉み脚を撫でて、一刻でも痛苦から救いたいと念じた。蘭や薔薇の花束が相次いで届いた。

十一月以降は、話し掛けると頷くが言葉にならない。「だんだん如来さんの世界へ近づいてきた。なんまんだぶつ。なんまんだぶつ」を園繪はかすかに聞き取っている。誕生日に死にたいとかねがね言っていた十一月十二日が迫っていた。

昭和五十二年十一月十二日、七十三回目の誕辰の日に命が尽きた。この日は朝から誕生日祝いの品々が届き、真紅の薔薇の花束も届いた。臨終を見守るため門弟が続々と詰めかけ、主治医に許され、深夜の病室には入れる限りの人が詰め、廊下にも溢れた。その終焉の様子は、一幅の涅槃図となって周囲の心に残っただろう。諡は葛飾北斎に因んで自ら用意した「夜来院釋凱風」とされた。

おわりに

毛蟲焼くアイヒマンより火をもらひ
凍土に帰す老妻の竹槍も
炎天へすべ無けれども愛を愛を
鴉の目ぬれて虚空の雪を往く

これは杉山赤冨士が自らの句集『権兵衛と黒い眷族』約七千句から四句を抜き出し、学生時代から愛誦していたペルシアの詩形ルバイヤットの構成を俳句で試みた四行詩である。十九ページに亘る自序の最後に置かれている。もとは一句ずつ独立した句であるが連作として見ると作者からの強いメッセージがあぶり出されてくるように思う。句集名は句集の顔であり「黒い眷属」を暗喩とすれば顔は「被爆地広島」となる。また、直前までの案が「鶴恋」であったことが物語る通り、もう一つの顔は鶴に代表される「美」となる。ただ、無垢の鶴ではない。両者を重ねると「傷ついた命」となるのではないだろうか。

赤冨士は自序に清朝の文人画家八大山人のエピソードを抽いている。八大山人の草書の落款は、「八大」は「笑」とも「哭」とも一字に読め、「山人」は「之」と読める。四字の落款が「笑之《これをわらふ》」とも「哭之《これをえす》」とも読めるとしたことに共鳴し、八大山人と自分自身が二重映像になると記している。赤冨士が表現し得たのは、被爆広島の「哭」と鶴の美すなわち「笑」ではないだろうか。

また、剛胆な性分から生み出された赤冨士らしい作品群の魅力も尽きない。歌集名を「敝衣の鶴」としたところにうかがえるのは、命への慈しみである。鶴の餌に集る鴉も含め、あらゆる命を尊んだ。そこに「愛」という言葉が浮かび上ってくる。

植樹の根やすらかにあり卒業歌

赤冨士勤務先・藍子母校廿日市高等学校内庭（昭和35年建立）

碧落にみぢん湧きゝて鶴となる

山口県八代（鶴の里）

甘茶くむ善男の手は善大に

炎天へすべ無けれども愛を愛を

廿日市市洞雲寺境内（昭和39年建立）

赤冨士・藍子の勤務先山陽女子短期大学玄関横（昭和40年建立）

少年の日よ陽炎のゆたかなる

赤冨士・藍子・龍太の母校廿日市市立宮内小学校校庭（昭和44年建立）

盆の月亡びも生きも美しく

自宅夜来山荘内（昭和46年建立）

これらは句碑となっている作品である。周囲の赤冨士の人と作品への評価がうかがえる。

「機到り要がすめば廃刊も亦可なり」と言い遺した赤冨士の言葉に従ったか、令和三年、「廻廊」は八九四号を以って赤冨士の娘四代目八染藍子主宰によって七十五年の歴史を閉じた。園繪は十二歳で父の句会に参加し、その場で父から地元の山の名を取って「小冨士」という俳号を付けられたという逸話がある。その園繪こと八染藍子は八十六歳まで「廻廊」主宰を務めた。

藍子は俳句の師は鷹羽狩行一人とし、染色家としての本業に因んで俳号を八染藍子とした。来広の狩行を宮島に案内し、「夜来山荘」に招いているが、俳人赤冨士のことは話さなかったという。しかし、俳人赤松蕙子の指摘した俳句的環境が影響しなかったということはない。父赤冨士の想像しなかった園繪の人生、赤松蕙子が期待した通りの人生を歩んだことになる。

筆者は「廻廊」終刊時に「杉山赤冨士句集『権兵衛と黒い眷族』を読む」を連載していた縁により、その続編として本書をまとめた。執筆に当たっては、八染藍子の書籍、書簡、電話でのインタビュー等に負うところが極めて大きく、共著とした。また、孫杉山龍太の随想「夜来山荘」や多くの資料からもエピソードを拝借した。

本書の装丁は赤冨士、藍子と同じ美術の道を選んだ龍太による。龍太は、装丁について「祖父は殊のほか宮島を愛しておりました。さざ波が銀鱗のように輝く、静かな瀬戸内海に浮かぶ宮島を歌舞伎や袈裟にも使われる鱗文様で表してみました。敬虔な浄土宗安芸門徒であった祖父を、宮島をあしらった袈裟で包み、孫からの供養の真似事といたします」と説明されている。

なお、「廻廊」の表紙は、創刊時の赤冨士の手になる題字から藍子の得意とした型絵文字に替り、終刊までの四十数年間はグラフィックデザイナーの龍太が担当してきた。三代に亘って美術が伝承された稀有なケースである。

赤冨士追悼号「廻廊」に掲載の杉山日出男編の赤冨士略年表は、膨大で難解な句集の文字を正確に緻密に根気よく解読して編まれたものである。筆者は赤冨士の自筆の解読に手間取り行き詰まっては、信頼できる資料として繰り返し開き、句集と照合しては確認し、大いに助けられた。この編者こそ赤冨士句集に深く足を踏み入れた一の読者だと何度も思っていたが、この「おわりに」を書くに当たって、ようやく、その編者が誰であるかに気づいて、驚き、うれしく、合点した。杉山日出男は赤冨士が「嗣子日出男」とした娘聟である。「貨車の荷の連翹咲いてゐしはよし」のページで触れた通り、赤冨士は杉山家を将来につなぐことを切望していた。ここに至って杉山家三代の肖像画を見るような熱い思いが込み上げてきた。

未 完 稿 子 孫 に ゆ だ ね 山 眠 る　　杉山園繪

この句は赤冨士追悼号「廻廊」所収の園繪による「病床記」の最後に添えられている。戦時中の慰問袋に入れていた辞世の一句「眠る山に吾を焼くけぶり立つなどよし」に呼応する句である。

次は、師皆吉爽雨の追悼句である。

赤冨士大人を悼む

しぐれ傘昔もいまも催合ひしに　　皆吉爽雨

「しぐれ」の情趣はしみじみと人の心を潤す。宗祇や芭蕉はじめ多くの先達を捉えた季語であり、それに連なる赤冨士への頌歌になっている。「催合《もやひ》」は「多くの人が集まって事を行う」ことをいうが、常に集団の輪の中にいた行動派赤冨士の人柄や日常をよく摑んでいる。

赤冨士は昭和二十年に詠んで奉公袋に入れていた辞世の句「眠る山に吾を焼くけぶりたつなどよし」を句集の最後に再び「辞世」として書き入れている。この句を踏まえて、赤松蕙子は追悼号に「赤冨士讃歌」と題して次の文を寄せている。

——ずっと以前からその煙をこの眼で見なければと思っていた。悲しくも倖いにその願いは叶えられた。み柩を火炉へ押し入れて合掌すると自動的に電源が入る。「ごおーっ」という火の音を耳に入れ、やがて外に出て山頂から空へ立つ荼毘の煙をふり仰いだ。「見たか」と照れ臭そうな赤冨士さん。「見ました見ました」と私達。大自然に帰って往かれたその時、永遠に失うことのない父なる人がそこに見えた。たぐいなき道標をのこし私達の目を開かせて下さった、讃うべきひと赤冨士さん。まことに自然なる完全燃焼の姿である。

最後に、赤富士追悼号「廻廊」に掲載された園繪の追悼句を挙げる。

デスマスク描けぬ画帖に菊の影　杉山園繪
権兵衛にはぐれし鴉雪を喰む　〃
納骨の雪片天と地を結ぶ　〃
鶴の墓訪ふを喪の身の初旅に　〃
鎮魂の鶴嗅遠くこだませり　〃
惜別の鶴舞なりしかの日はも　〃
舞ふ鶴に法悦の面よみがへる　〃

「惜別の」句は、「昭和四十六年一月十七日父の第二十八回（最終回）八代吟行に連袖と共に同道。鶴の墓前に立つ一行の上空を百羽の鶴舞ひ止まず。なほ後を追ひ来たり。」との前書がある。

令和五年一月

太田かほり

著者略歴

八染藍子（やそめ・あいこ）

1934年　広島県生まれ
1978年　「狩」創刊と共に入会
　　　　鷹羽狩行に師事
1995年　「廻廊」主宰継承
2021年　「廻廊」終刊
句　集　『園絵』『鹿の子』『竹とんぼ』
　　　　『八千草』『流燈』『ふたあゐ』

太田かほり（おおた・かほり）

1948年　香川県生まれ
1997年　『俳句回廊』（角川書店）
2006年　『鷹羽狩行の俳句』（角川書店）
所　属　「郭公」「航」「むさし野」「浮野」

現住所　〒336-0931　埼玉県さいたま市
　　　　緑区原山1-25-21

杉山赤冨士の俳句　すぎやまあかふじのはいく

二〇二三年八月六日　初版発行
著　者――八染藍子・太田かほり
発行人――山岡喜美子
発行所――ふらんす堂
〒182-0002 東京都調布市仙川町一―一五―三八―二F
電　話――〇三（三三二六）九〇六一　FAX〇三（三三二六）六九一九
ホームページ http://furansudo.com/　E-mail info@furansudo.com
振　替――〇〇一七〇―一―一八四一七三
印刷所――日本ハイコム㈱
製本所――日本ハイコム㈱
定　価――本体二五〇〇円＋税
ISBN978-4-7814-1549-9 C0095 ¥2500E